suhrkamp taschenbuch 412

Werner Koch lebt in Rodenkirchen bei Köln. Er ist verantwortlicher Redakteur für Kultur und Geschichte im Fernsehen beim Westdeutschen Rundfunk. Wichtige Publikationen: *Sondern erlöse uns von dem Übel*, Roman; *Pilatus, Erinnerungen*, Roman; *Die Jungfrau von Orléans; Der Prozeß Jesu; See-Leben I; Wechseljahre oder See-Leben II; Jenseits des Sees.* Zeitkritische Untersuchungen. Werner Koch erhielt einige Literaturpreise, darunter den Süddeutschen Erzählerpreis. Sein *Pilatus*-Roman, in acht Sprachen übersetzt, wurde 1964 in Frankreich als bester ausländischer Roman preisgekrönt. 1972 wurde ihm für *See-Leben I* der Bodensee-Literaturpreis zugesprochen.
Wechseljahre oder See-Leben II ist die unmittelbare Fortsetzung von *See-Leben I* (st 132). Wie in *See-Leben I* lebt der Angestellte einer Kölner Firma in seiner Hütte an einem See, und das bleibt weiterhin der Versuch, eine utopische Existenz zu verwirklichen, indem er von seinem Schreibtisch auf der Wiese aus seine berufliche Existenz zu meistern versucht und die Möglichkeiten eines individuellen Lebens durchprobiert. Aber die Realität bricht mit aller Härte in diese trotzig behauptete Wunschwelt ein. Die Kölner Firma, die ihren Angestellten, den Sonderling, bisher halbwegs gewähren ließ, soll vor der drohenden Pleite an eine amerikanische Firma verkauft werden. Die Arbeiter und Angestellten leisten Widerstand, sie wollen die Firma in ihren eigenen Besitz überführen und damit retten. Jedoch auch diese, sozialistisch gemeinte Realität erweist sich als Wunschtraum; beim Wechsel der Firma in die Hände der darin Arbeitenden brechen Machtkämpfe und Interessenkonflikte aus, die denen im kapitalistischen System aufs Haar gleichen. Unser Angestellter gerät dabei zwischen die Fronten, wiederum verweigert er sich jeder Anpassung und Unterwerfung. Mit welchem Ergebnis, das bleibt offen wie in *See-Leben I*.
»Kochs Buch gehört zu jenen geglückten literarischen Erzeugnissen, die eine leicht dahinfließende Feder mit Tiefgang in Bewegung hält. ... Den Mann am See kennt wohl jeder, nur spricht er eben aus, was nicht jeder sagen kann noch auszusprechen sich traut.«

Badische Zeitung

Die Fortsetzung von *Wechseljahre oder See-Leben II* ist *Jenseits des Sees* (st 718).
Werner Kochs *See-Leben* ist auch als Kassette lieferbar; sie enthält die Bände st 132 *See-Leben I*, st 412 *Wechseljahre oder See-Leben II* und st 718 *Jenseits des Sees*.

Werner Koch
Wechseljahre oder
See-Leben II

Suhrkamp

suhrkamp taschenbuch 412
Erste Auflage 1977
© Suhrkamp Verlag Frankfurt am Main 1975
Suhrkamp Taschenbuch Verlag
Alle Rechte vorbehalten, insbesondere das des
öffentlichen Vortrags, der Übertragung durch
Rundfunk und Fernsehen sowie der Übersetzung,
auch einzelner Teile
Druck: Nomos Verlagsgesellschaft, Baden-Baden
Printed in Germany
Umschlag nach Entwürfen von
Willy Fleckhaus und Rolf Staudt

6 7 8 - 88 87

Wechseljahre oder
See-Leben II

1

Die Nacht war so hell, daß es unheimlich wirkte. Bis vor wenigen Stunden hatte es geschneit; dichte, lautlose, fast unwirkliche Flocken waren auf den zugefrorenen See gefallen, und über der frischen Schneedecke breitete sich das Mondlicht aus. Die Luft war trocken und kalt. Das Thermometer neben der Hüttentür zeigte 17 Grad minus an; in Wirklichkeit mochten es nur 10 oder 12 Grad sein, denn bei starker Kälte funktioniert das Thermometer nicht mehr exakt, aber hundekalt war es so oder so. Die Bauern ließen in ihren Ställen Tag und Nacht das Wasser laufen, damit es nicht einfror, und von Bauer Greiffs Stall konnte ich hören, wie das Wasser in die Abflußgrube rann.

Ich stand vor der Hütte und sah in die Nacht; der Mond blickte auf den See, der See sah hinauf zum Mond. Es war Viertel vor Drei. Kurz nach Zwei mußte ich wach geworden sein, aber zunächst war mir mein Schlaf wichtiger als die Kälte gewesen; ich legte mich auf die andere Seite, zog die Knie hoch, rieb mir die Füße warm, aber nichts half, ich fror. Ich stand auf, machte Licht, zog den Mantel über, stocherte im Ofen, legte Holz auf, und als nach einigen Minuten das Feuer knisterte und Funken ausspie, war ich plötzlich hellwach; viel wacher als nach einem langen Schlaf oder an irgendeinem Sommermorgen. Obwohl es mitten in der Nacht war, überlegte ich, ob ich den Schreibtisch aufräumen sollte; vielleicht, dachte ich, könnte ich auch meine längst fällige Post erledigen oder die Halterungen an den Fensterläden endlich einmal festschrauben. Ich warf drei

Briketts ins Feuer, ging an meinen Schreibtisch, holte die größere meiner beiden Meerschaumpfeifen, die mir vor zwei Jahren ein Ingenieur aus Uganda mitgebracht hatte, stopfte sie, zündete sie an, setzte mich neben den Ofen, und als ich am ganzen Körper durchgewärmt war, hatte ich das seltene Gefühl, mit allem zufrieden zu sein. Es ist ja nicht nur der Ofen, der wärmt; um sich wohl zu fühlen, muß man das Feuer hören und nichts anderes haben als den Augenblick. Meine Pfeife war jetzt rundherum angebrannt und zog wunderbar durch; ich war entschlossen, bis zum Morgen wach zu bleiben.

Am liebsten hätte ich etwas ganz Außergewöhnliches unternommen: einen Fußmarsch rund um den See oder eine Nachtfahrt auf irgendeinem Güterzug irgendwohin; vielleicht sogar eine Entdeckungsreise quer durch die Arktis bis zu einem Eskimostamm, den noch niemand entdeckt hatte; auf jeden Fall aber ein Abenteuer, einmalig und nur für mich allein. Ich zog mich an und ging hinaus vor die Hütte; das Thermometer zeigte 17 Grad an.

Die Pfeife zog nicht mehr richtig. Ich zündete sie an, stopfte sie, zündete sie noch einmal an, aber sie blieb kalt, und je mehr ich an ihr zog, desto stärker brannte sie auf der Zunge; der Speichel vermischte sich mit dem flüssigen, beißenden Nikotin, ich saugte ihn an und schluckte ihn hinunter. Dann legte ich die Pfeife auf die Fensterbank und ging zum See.

Der Schnee machte meine Schritte leise. Alle Geräusche waren weit weg, und ob das dumpfe, rollende Raunen, das über den See herüber kam, das Raunen eines Zuges war, mochte man glauben oder nicht. Fahrplanmäßig konnte er nicht sein, denn der Frühzug kommt erst um Fünf Uhr zwanzig vorbei. Aber irgendein Geräusch war da. Ich blieb stehen, drehte den Kopf zur Seite, hielt die Hand hinters

Ohr, horchte angestrengt hinüber zum See, und auf einmal hörte ich nichts mehr. Vielleicht war der Zug schon weg, vielleicht war es gar kein Zug gewesen, vielleicht hatte ich mir alles nur eingebildet; auf jeden Fall aber hatte ich es genau gehört, und ob man etwas in Wirklichkeit, in der Einbildung oder auch nur im Traum hört, macht keinen großen Unterschied. Ich drehte mich noch einmal um, sah, daß in der Hütte Licht brannte, ich war allein, aber ich hatte mein Zuhause. Noch immer verspürte ich nicht die geringste Müdigkeit.

Ich ging die paar Schritte hinüber zum großen Bootshaus, schob den Schnee von der Bank und setzte mich. Im Sommer ist hier alles ganz anders; vor allem junge Leute sitzen dann auf der Bank, lassen sich bräunen, lieben sich, schwimmen, fahren mit dem Boot hinaus, leben in den Tag. Fast jeden Sommer ertrinken ein paar Menschen, und manche tauchen nie wieder auf. Vor zwei Jahren war ein junges Mädchen aus Reutlingen mit der Luftmatratze hinausgetrieben, war eingeschlafen, hatte wohl einen Hitzschlag bekommen, war bewußtlos ins Wasser gefallen und erst am späten Abend, als die meisten Badegäste längst gegangen waren, hatte man die leere Luftmatratze entdeckt. Noch Tage später suchte die Wasserwacht nach der Leiche, aber sie wurde nie gefunden. Wie das Unglück wirklich passiert war, wußte niemand, aber die Leute vom See erzählten sich die Geschichte in allen Einzelheiten, und jeder wußte noch etwas mehr als der Andere. Der letzte Unfall ereignete sich im vergangenen September, als am anderen Ufer ein Unteroffizier der Bundeswehr ertrank. Nach einem Barbesuch hatte er eines der Barmädchen in seinem Auto mitgenommen, und als die beiden in aller Herrgottsfrühe am See vorbeifuhren, hielten sie an, zogen sich aus, sprangen Hals über Kopf ins Wasser, und der Unteroffizier erlitt einen

Herzschlag. Die Obduktion ergab, daß er 2,3 Promille Alkohol im Blut hatte; die Bardame wurde im darauffolgenden Prozeß freigesprochen und soll heute in Zürich arbeiten.
Vom Dach des Bootshauses rutschte ein kleiner Schub Schnee herunter und schlug dicht neben mir auf. Ich erschrak, aber gleich darauf war ich wieder ganz ruhig. Ich überlegte, wie lange es wohl her sein mochte, daß ich aufgestanden war, aber ich hatte jedes Zeitgefühl verloren; es konnten zwei Stunden vergangen sein, vielleicht auch drei, aber sehr wahrscheinlich waren es nur ein paar Minuten gewesen; länger, dachte ich, hält man es bei dieser Kälte nicht aus, still dazusitzen und nur Gedanken zu haben, aber vielleicht halten gerade Gedanken die Kälte ab. Übrigens war es jetzt wieder still geworden; auch das Zuggeräusch hatte aufgehört.
Ich stand auf, sah mir den Himmel an, den See, nichts hatte sich verändert. Wenn Wolken ziehen oder Schnee fällt, merkt man, daß die Zeit weitergeht, es passiert etwas. Diese Nacht aber war stehen geblieben. Der Mond rückte nicht weiter, der See lag im Schneelicht. Irgendwann würde der Schnee schmelzen, es würde tauen, die Kälte würde zurückgehen, der See wieder Wasser haben: aber das nimmt man ja nur deshalb an, weil es die Regel ist und weil man es erfahren hat. Ein Mensch ohne Erfahrung und ohne Kenntnis der Naturgesetze hätte diese Nacht für endgültig gehalten.
Ich ging zurück zur Hütte. Ich wagte nicht, den unberührten Schnee noch einmal zu zertreten, und deshalb nahm ich genau denselben Weg zurück, den ich gekommen war; Fuß für Fuß benutzte ich die alte Spur, und als ich vor der Hütte stand, klopfte ich mir den Schnee von den Schuhen, ging hinein, sah nach dem Ofen, legte Briketts auf, hielt die

Hände übers Feuer und setzte mich dann in den Sessel. Es war fünf vor halb Vier. Kurz danach muß ich eingeschlafen sein, und als ich am späten Morgen erwachte, begriff ich zunächst nicht, daß ich neben dem Ofen in meinem Sessel saß; die Gelenke taten mir weh, ich fror.

2

Der Winter komme erst noch, sagte Bauer Greiff, in ein paar Tagen hätten wir mindestens 20 Grad minus, das sei so sicher wie das Amen in der Kirche.

Übrigens, sagte er, draußen auf der Fensterbank lag Ihre Pfeife, ich wollte sie Ihnen nur hereinreichen. Wenns wieder schneit, geht sie leicht verloren.

Der Frost mache überhaupt nichts, sagte er. Nur im Frühjahr, wenns schon getaut hat, da mache er alles kaputt.

Ach so, fragte er, wissen Sie vielleicht, bei wem der Josef jetzt aushilft?

Ich wußte es nicht; ich hatte den Josef seit Tagen nicht mehr gesehen.

Also, sagte er, dann fahre ich jetzt meinen Sohn zur Schule.

Ich hatte zu arbeiten. Die Direktion meiner Kölner Firma rechnete noch immer damit, den Auftrag für die geplante Bodenseebrücke zu bekommen, aber die örtlichen Behörden konnten sich weder für noch gegen das Projekt entscheiden, sie waren sich uneinig, zerredeten die Sache, und offenbar fehlte es auch an Geld. Vor drei Jahren schon hatte ich die Pläne vorgelegt, und nun lagen sie in den Schubläden irgendwelcher Bürgermeisterämter umher.

Obschon ich noch zwei kleine Projekte in Arbeit hatte, war mir von der Direktion der Auftrag erteilt worden nachzuforschen, wo im Bodenseeraum und im oberen Allgäu »lukrative Projekte anstünden« und welche Konkurrenzfirmen schon Angebote gemacht hätten. Ich sollte einen ausführlichen Bericht erstellen und die »anfallenden Vorhaben präzis umreißen«. Der Bericht war nun schon seit Wochen überfällig, aber bisher hatte ich noch nichts unternommen. Ich bin bei solchen Sondierungsgeschäften mehr als unbeholfen, ich eigne mich dafür nicht, aber ich brauchte Geld, und schon deshalb hatte ich den Auftrag annehmen müssen. Als ich noch in Köln lebte, erledigten derartige Arbeiten ebenso routinierte wie raffinierte Provisionisten des Außendienstes; ich aber war ein Angestellter der Firma gewesen, und Angestellte haben eine Position, sie leiten eine Dienststelle oder eine Abteilung, sie beziehen ein Gehalt, ihr Urlaubsanspruch steht fest und die Weihnachtsgratifikation wird jeweils mit dem Dezembergehalt ausgezahlt, alles regelt sich von selbst.

Am See hatte ich meine Freiheit. War es Freiheit? Ich wartete täglich auf längst fällige Honorare, achtete peinlich genau darauf, daß mein Kontostand nicht unter dreitausend Mark sank, und wenn der Postbote mir einen Brief von meiner Kölner Firma brachte, rechnete ich jedesmal damit, daß die Direktion sich gezwungen sehe, auf meine Mitarbeit zu verzichten. Schon deshalb hatte ich Angst. Es war absolut nicht vorauszusehen, wie lange der Personalchef oder der Computer noch bereit waren, mir mein Seeleben zu finanzieren«, und nicht selten wachte ich mitten in der Nacht auf, schwitzte am ganzen Körper, stand auf, rieb mich trocken, und es dauerte Stunden, bis ich wieder einschlafen konnte. Verkehrt ist es so oder so: Wenn man seine Bürostunden absitzt, sehnt man sich nach Freiheit, und wenn man am See lebt, seine Hütte und seine Freiheit hat, kommt plötzlich die Existenzangst hinzu, macht das kleine Fleckchen Freiheit zunichte, verleidet einem den See und die Hütte, und man versteht nicht mehr, wo man nun wirklich hingehört. Manchmal denke ich, daß ich alles falsch ge-

macht habe und besser in Köln geblieben wäre; sobald ich aber in Köln bin, die Firma betrete und auch nur das unfreundliche, apathisch-mürrische Gesicht des Pförtners sehe, sehne ich mich zurück an den See, begreife nicht mehr, was Existenzangst ist, gäbe die ganze Welt für meinen kleinen See und kann es nicht abwarten, wieder in der Hütte zu sein.
Meine Sondierungsgespräche begann ich in Überlingen. Ich wußte, daß die Stadt eine neue Kläranlage bauen wollte, und außerdem lebte dort ein alter Bekannter von mir, der in der Verwaltung saß oder Stadtverordneter war, ich wußte es nicht mehr genau. Ich meldete mich bei ihm an, und wir verabredeten uns im Bad-Hotel.
Er verspätete sich um mehr als zwanzig Minuten. Tut mir leid, sagte er, aber er habe sich von einer wichtigen Sitzung nicht eher loseisen können, beim besten Willen nicht, aber nun sei er ja da, schön, sagte er, dich wiederzusehen, was machst du denn so?
Er war dick geworden. Sein Gesicht war geschwollen und viel zu rot, sein Hals reichte vom Nacken bis fast an die Kinnspitze und saß stramm zwischen seinen Schultern. Er gab mir die Hand, ohne sie zu drücken oder gar zu schütteln, zog sie bei der ersten Berührung sofort wieder zurück, als habe er Angst, sich zu infizieren, legte sie auf den Rücken, sah mich an, lachte, also, sagte er, daß man dich noch einmal wiedersieht, wirklich, sagte er, schüttelte ungläubig den Kopf, ging voran ins Restaurant, grüßte eine Dame, dann den Kellner, der Geschäftsführer kam, verbeugte sich, sagte: schön, daß Sie uns wieder mal beehren, aber mein Bekannter reagierte darauf nicht, er sah an allem vorbei und über alles hinweg, schritt auf einen Ecktisch zu, als gehöre der ihm, bot mir einen Platz an, ließ sich die Getränkekarte geben, sagte: Nun wollen wir erst mal auf un-

ser Wiedersehen trinken und, sagte er, wenn ich ihm die Auswahl überlasse, so würde er mir den Überlinger Riesling empfehlen, kein extravaganter Wein, aber ein echter, erdiger Tropfen, Heimatgewächs und kernig auf der Zunge. Natürlich, sagte ich, du kennst dich da besser aus.
Ja, sagte er, du kannst dir ja nicht vorstellen, wie es in dieser Stadt noch vor ein paar Jahren ausgesehen hat. Aber es sei allerhand geleistet worden, das könne ich ihm glauben. Mein Gott, sagte er, schüttelte den Kopf, als sei es selbst für ihn unfaßbar, allein die Neubaugebiete bei Burgberg, sagte er, und dann die Erstellung der Zweitwohnungen, die Parkanlagen, das Altersheim, mein Gott, sagte er, schüttelte noch einmal den Kopf, zündete sich eine Zigarette an, zog den Rauch tief ein, machte eine gewichtige Pause, denn, sagte er, es bliebe noch viel zu tun, sehr viel, aber der Aufstieg der Stadt sei unaufhaltsam und das sei die Hauptsache, man müsse mit der Zeit gehen und nicht hinterherhinken, dazu sei die Konkurrenz zu groß, und wer sich heute nicht aufgeschlossen zeige, selbst für gewisse Neuerungen, der gerate leicht ins Hintertreffen, Experimente müßten sein, auch wenn sie sich als Fehlspekulation erwiesen, aber, sagte er, nun stoßen wir erst einmal an, Prost, sagte er, zog den Wein durch die Zähne ein und schmeckte ihn, ehe er ihn hinunter schluckte, mehrmals ab, doch nun, sagte er, nun sag doch mal, was du die ganzen Jahre getrieben hast. Du hast dich kaum verändert, wirklich nicht, und wie geht es deiner Frau?
Ich sagte ihm, daß ich geschieden sei.
Ach, sagte er, aber heutzutage sei das ja geradezu ein Normalfall, sein Bruder sei auch geschieden, besser, man trenne sich beizeiten als das ganze Leben in Streitereien und gegenseitiger Abneigung zu verbringen, nein, sagte er, das sei der Lauf der Welt und nicht zu ändern.

Ich hatte mir eine Pfeife angezündet und nickte. Ich wußte nicht, was ich ihm antworten sollte. Er hatte sein Glas schon leer getrunken, winkte den Kellner heran und forderte mich auf, doch mitzuhalten, denn der Wein sei wirklich gut, der bereite einem weder Kopfschmerzen noch einen Kater. Ich trank.
Allmählich wurde es Zeit, mit ihm über die Pläne meiner Firma zu sprechen, aber ich wußte nicht, wie und womit ich anfangen sollte. Es fiel mir sogar schwer, ihn zu duzen; in meiner Erinnerung war er ein schlanker junger Mann, zurückhaltend und geradezu wortkarg, und jetzt saß er mir gegenüber, selbstbewußt, souverän, einer der Honoratioren der Stadt. Er selber würde von sich sagen, er habe es geschafft.
Meine Kölner Firma, sagte ich, habe nicht nur in Deutschland einen guten Ruf, und meine Pläne für die neue Bodenseebrücke seien ja wohl im Stadtrat diskutiert worden.
Natürlich, natürlich, er erinnere sich genau daran.
Meinst du, fragte ich, da wäre etwas zu machen?
Er trank. Er behielt das Weinglas in der Hand, drehte es hin und her, stülpte die Lippen übereinander, nahm noch einen Schluck, sah vor sich hin und sagte: Zu machen ist immer was. Dann zündete er sich eine Zigarette an, warf mir einen kurzen, kritischen Blick zu, den ich offensichtlich nicht bemerken sollte, ja, sagte er, das mußt du mir nun mal genauer erklären, doch ehe ich antworten konnte, rief ihn der Kellner ans Telefon, er entschuldigte sich, ich war allein.
Ich wußte nicht, was ich von ihm halten sollte, und vielleicht hätte ich von vornherein anders auftreten sollen: selbstsicher, herablassend, mit distanzierter Arroganz, und plötzlich hatte ich sogar den Einfall, er würde sich ohne weiteres bestechen lassen. Der eine macht saubere, der an-

dere dunkle Geschäfte, und wenn man einmal davon absieht, daß Geschäfte immer unsauber sind, so merkt man es niemandem an, auf welche Art er zu seinem Geld kommt. Gerade die perfektesten Gauner haben ein lässiges Faible für distinguierte Vornehmheit, sie geben sich heute als Graf, morgen als Bankier, übermorgen als Ministerialdirektor oder Ölmillionär aus; sie spielen nicht nur eine, sie spielen mehrere Rollen, und wenn sie nicht ausgerechnet Gauner, sondern Schauspieler, Generalvertreter oder Unterhändler geworden wären, so hätte die gegenwärtige Gesellschaft sie bedenkenlos akzeptiert.
Ich stand auf und ging ans Fenster. Über dem Bodensee lag Nebel. Man konnte nicht einmal ahnen, wo das andere Ufer war.
Als er wiederkam, entschuldigte er sich, aber, sagte er, kürzer habe er es nicht machen können, der Bürgermeister sei am Apparat gewesen, eine wichtige Entscheidung stünde an, wichtig und überaus kompliziert, ja, manchmal würde es einem wirklich zu viel, aber die Stadt verlange das eben von ihm, und vielleicht könne er mit seinen bescheidenen Kräften ja auch etwas beitragen zum Wohle der Allgemeinheit, doch so große Worte, sagte er, wolle er gar nicht machen, das liege ihm nicht. An der Kläranlage sei meine Firma wohl auch interessiert, fragte er.
Ja, sagte ich, wir sind ja darauf spezialisiert. Er schwieg. Er machte den Eindruck, als denke er angestrengt nach. Wir waren jetzt die einzigen Gäste im Restaurant, und die plötzliche Stille war ganz ungewöhnlich, sie deprimierte.
Wenn du große Schwierigkeiten siehst, sagte ich.
Nein, nein, unterbrach er mich, und ich wußte schon, was er jetzt sagen würde. Er würde sagen, daß immer etwas zu machen sei. Nein, meinte er, Schwierigkeiten seien doch nur dazu da, gemeistert zu werden.

Wann wird denn eine Entscheidung fallen, fragte ich.
Das könne man nicht exakt voraussagen.
In ein paar Monaten? In einem Jahr?
Manchmal ginge so etwas sehr schnell.
Es ist wohl auch eine Finanzierungsfrage?
Eine? Die wichtigste überhaupt. Ja, sagte er, wenn der Haushaltsetat ein paar Millionen höher wäre, dann gäbe es diese ganzen Probleme nicht, aber Bundes- und Länderregierung ließen die Gemeinden buchstäblich im Stich, die redeten nur von Umweltschutz und großzügiger Unterstützung, aber wenn es ans Zahlen ginge, dann ließen die nichts mehr von sich hören. Na, sagte er, auf jeden Fall aber solltest du mir Prospekte und ein paar Unterlagen deiner Kölner Firma schicken. Das könne nicht schaden.
Ich wollte das veranlassen.
Er blickte auf die Uhr. Jetzt hast du doch tatsächlich nur ein Glas getrunken, sagte er und gab dem Kellner ein Zeichen.
Ich sah ihn an. Erst jetzt begriff ich, daß er unser Gespräch für beendet hielt. Du warst selbstverständlich mein Gast, sagte er.
Am liebsten hätte ich in diesem Augenblick unsere ganze Begegnung rückgängig gemacht. Ich bildete mir ein, ich hätte ihn noch gar nicht getroffen, käme erst jetzt ins Restaurant, müßte auf ihn warten, und als er endlich kam, hätte ich ihn gefragt, warum er sich um zwanzig Minuten verspätete, und falls er antworten sollte, daß er ein vielbeschäftigter und wichtiger Mann wäre, so würde ich ihm sagen, deshalb sei ich nicht gekommen. Ich sei gekommen, würde ich ihm sagen, um mit ihm über die Brücke und über die Kläranlage zu sprechen, und über beide Projekte könne ich ihm exakte Auskünfte geben.
Vielleicht hätte er erwidert, nun wollten wir erst einmal

auf unser Wiedersehen trinken, aber ich würde mich dadurch nicht von meinem Thema abbringen lassen. Ich hätte ihm sehr schnell klargemacht, daß er es mit einem Fachmann zu tun hatte, und ich wäre gleich auf mein Ziel losgegangen. Das wichtigste Problem bei modernen Kläranlagen, würde ich sagen, sei die ganz simple Frage, wie sich Wasser möglichst einwandfrei waschen läßt. Selbst bei vollbiologischen Kläranlagen werden zwar schmutzige und giftige Beimischungen aufgesaugt, aber noch immer gibt es Stoffe, die sich auch auf biologischem Weg nicht restlos entfernen lassen. Vor allem Phosphate, sagte ich, sind schwer zu absorbieren; sie sind zwar kein Gift, im Gegenteil, kein Lebewesen kann ohne Phosphate existieren, aber wenn aus den Abwässern zu viele Phosphate ins Wasser gelangen, so können sie zur Überdüngung eines ganzen Sees führen. Algen aber, sagte ich, vermehren sich dabei außerordentlich schnell, doch wenn sie absterben, werden sie von Bakterien zerfressen, die Bakterien verbrauchen Unmengen Sauerstoff, und der fehlt dann zum Beispiel den Fischen. Gerade für den Bodensee, sagte ich, ist dieses Problem bisher nicht gelöst, und alljährlich werden allein 130 000 Tonnen Sauerstoff von absterbenden Pflanzen verbraucht.
Er sah mich an, als wolle er eine Frage stellen; es konnte auch sein, daß ich mich zu kompliziert ausgedrückt hatte, aber sehr wahrscheinlich wußte er gar nicht, was Phosphate sind. Ich ließ mich dadurch nicht beirren.
Man hat errechnet, sagte ich, daß der Bodensee vor etwa dreißig Jahren noch absolut sauber gewesen ist. Heute enthält jeder Kubikmeter Wasser bereits 60 Milligramm Phosphor. Niemand will sich damit abfinden und alle sagen, es müsse nun endlich etwas geschehen. Wer aber fühlt sich verantwortlich, und wer gibt das Geld? Die Schuldigen

sind leicht feststellbar, sagte ich, aber gerade die Schuldigen sehen nicht ein, daß sie zahlen sollten. Der Bauer denkt, das Ufergrundstück gehöre ihm und damit könne er machen, was er wolle; die Industriellen behaupten, sie brächten Geld in eine verarmte Landschaft und also seien sie Wohltäter; die Einheimischen sagen, sie brauchten die Fremden nicht, obwohl auch sie von Feriengästen leben, und die Feriengäste meinen, mit Abwässerungsproblemen hätten sie nichts zu tun, sie wollten Urlaub, Ruhe, Erholung.
Er kenne das alles, sagte er.
Es gibt Berechnungen, fuhr ich fort, vor allem über Phosphate; etwa ein Drittel wird durch Düngemittel den Gewässern zugeführt, ein Drittel durch die Fäkalien von Menschen und Tieren, ein Drittel durch Waschmittel. Im Prinzip also, sagte ich, ist die beste Methode, einen See sauberzuhalten die: auf Industrialisierung zu verzichten und dafür zu sorgen, daß die Besiedlung eher ab- als zunimmt. Wenn die Vergiftung des Wassers, zum Beispiel durch Blaualgen, so konstant steigt wie bisher, dann wird der Bodensee in zehn Jahren umkippen.
Umkippen? Er kannte das Wort nicht.
Die Tiere sind verendet, sagte ich. Es gibt keine Fische mehr, keine Enten, keine Schwäne, der See ist leblos. Die Trinkwasserversorgung muß eingestellt werden, und wer badet, stirbt an Zerkarien-Dermatitis, sagte ich.
Ja, meinte er, das möge alles stimmen, die Experten stellten immer derartige Prognosen, ihm sei das nichts Neues. Er aber sei Kommunalpolitiker, und wenn er dafür plädiere, die Industrialisierung zu verhindern und die Besiedlungspläne zu boykottieren, dann brauche er sich überhaupt nicht mehr zur Wahl stellen. Politik sei die Kunst des Möglichen und nicht des eventuell Notwendigen. Im übrigen sei der Zürichsee viel schlimmer verseucht, auch dar-

über gebe es exakte Berechnungen, und bisher habe sich noch kein einziger Krankheitsfall ereignet, der auf das Baden im Bodensee zurückgeführt werden konnte. Auch er, sagte er, und das wolle er ausdrücklich betonen, auch er sei für einen sauberen Bodensee, wer sei das nicht; eine Kläranlage aber koste mehrere Millionen, das alles müßte genau kalkuliert werden, und wenn es so weit wäre, würde er selbstverständlich an mich denken.
Er sah auf die Uhr. Jetzt hast du doch tatsächlich nur ein Glas getrunken, sagte er und gab dem Kellner ein Zeichen. Ich übersah das.
Es ist nur eine Frage der Zeit, sagte ich, dann werden die örtlichen Behörden Abwässertarife erheben.
Wie das denn aussehen solle?
Wer den See verschmutzt, muß dafür bezahlen.
Daran sei von kommunaler Seite nicht zu denken.
Und der Fehler der Gemeinden, sagte ich, liegt vor allem darin, daß sie Kläranlagen bauen, die schon nach ein paar Jahren veraltet sind, weil die Besiedlungsdichte zu sehr angestiegen ist.
Gegen Wachstum könne sich kein vernünftiger Mensch wehren, meinte er.
Und dann, sagte ich, müssen eben die Industriebetriebe gezwungen werden, ihre verschmutzten Abfallprodukte zunächst einmal selber zu reinigen. Es ist durchaus möglich, sagte ich, verseuchte Abwässer bis zu einem gewissen Grad zu entgiften, ehe sie die öffentliche Kläranlage überhaupt erreichen.
Die Industrie bringt mehr Geld als alle Feriengäste, sagte er, und man könne doch nicht vom Kleinbauern verlangen, daß er seinen Hof aufgebe, und ihm andererseits nicht die Möglichkeit bieten, in der Industrie zu arbeiten. So einfach sei das alles nicht, sagte er.

Der Kellner kam. Das gehe auf seine Rechnung, sagte mein Bekannter, und noch während er zahlte, stand er auf, blickte wieder auf die Uhr, ja, sagte er, die Industrie habe eben auch ihre Sorgen. Ein Freund von ihm habe auf seinem Fabrikgelände und auf eigene Rechnung eine Kläranlage bauen lassen. Diese Kläranlage koste ihn jährlich eine runde halbe Million, und damit seien gerade die laufenden Unkosten gedeckt. Bei einem Jahresumsatz von acht Millionen seien das gut 6 %, und nun müsse er sämtliche Produkte um 6 % teurer verkaufen. Der Mann ist nicht mehr konkurrenzfähig, sagte er, der würde das nie mehr tun. Schon deshalb nicht, weil die Konkurrenzfirmen gar nicht daran dächten, ihre Abwässer ebenfalls vorreinigen zu lassen.
Ausgerechnet die Ruhr hat viel saubereres Wasser als der Rhein oder andere Flüsse. Es geht also, sagte ich.
Wir waren jetzt in der Hotelhalle. Auf jeden Fall, sagte er, solltest du mir Prospekte und ein paar Unterlagen deiner Kölner Firma schicken.
Das würde ich veranlassen, sagte ich, aber vielleicht wäre es zweckmäßig, wenn wir uns noch einmal träfen, wir hätten uns ja nur sehr allgemein unterhalten, sagte ich, und über die Kläranlage meiner Firma hätten wir überhaupt nicht gesprochen.
Der Kontakt sei erst einmal hergestellt, das sei doch schon etwas, meinte er, und er habe sich gefreut, mich wiederzusehen, nur zum Zug könne er mich nicht begleiten, leider nicht, der ewige Streß, sagte er, aber was in seiner Macht stehe, das würde er tun, das sei doch klar.
Selbst die modernsten Kläranlagen absorbieren nur 40 % der Phosphate, sagte ich. Meine Kölner Firma aber habe jetzt ein amerikanisches Patent gekauft, nach dem 90 % der Phosphate vernichtet würden. Vielleicht könnte ich darüber einmal im Stadtrat referieren, oder?

Er klopfte mir auf die Schulter, und ich bildete mir ein, er wolle dadurch nur verhindern, mir die Hand zu geben. Er müsse noch schnell einen Anruf erledigen, sagte er, und bevor er in die Telephonzelle des Hotels ging, winkte er mir noch einmal zu.
Es hatte getaut. Der Schnee war zu Matsch geworden. Wenn ich den 15.07-Zug noch erreichen wollte, mußte ich mich beeilen, doch kurz vor Drei war ich schon auf dem Bahnsteig. Im Zug funktionierte die Heizung nicht. Wenn ich wieder zu Hause bin, dachte ich, werde ich ins Wirtshaus gehen und einen Grog trinken. Ich sah hinaus. Noch immer lag der Nebel wie eine riesige Wolke über dem See. Ich dachte an meinen Überlinger Bekannten, war mir noch immer nicht klar, was ich von ihm zu halten hatte, und vor allem kam ich mit den beiden Gesprächen nicht mehr zurecht; ich wußte nicht, welches der beiden Gespräche tatsächlich und welches nur in meiner Einbildung stattgefunden hatte, und je länger ich darüber nachdachte, desto mehr warf ich beide durcheinander. Mein Abteil blieb die ganze Fahrt über leer.

3

Als ich an meinem See ankam, war es schon dunkel. Es hatte wieder geschneit. Ich begegnete niemandem. Die Bauern waren im Stall, zwischen Sechs und Acht ist Melkzeit; hinter manchem Fenster brannte Licht und fiel auf den neuen Schnee. Man hörte nichts; kein Radio, kein Fernsehen, keine Stimmen, und als ich am Friedhof vorbeiging, überlegte ich, ob auch Tote frieren. Natürlich nicht, dachte ich, aber so natürlich ist das gar nicht. Man muß nicht zittern, wenn man friert, und die Tatsache, daß Tote starr sind, verrät noch nichts über ihr Innenleben. Ich aber fror schon bei dem Gedanken, da irgendwo in irgendeinem Sarg zu liegen. Man sollte sich verbrennen lassen, dachte ich, aber das muß man wohl schriftlich festlegen, und ich war nicht sicher, ob unser Pfarrer überhaupt Leute beerdigt, die sich verbrennen lassen. Eigentlich sollte es dem Pfarrer egal sein; wenn er sich wirklich nur um die Seele sorgt, wird er nicht um Särge und Urnen, um Leichnam und Staub feilschen, denn die Seele, sofern es sie gibt, wird weder in einem Sarg noch in einer Urne bleiben wollen, und die Frage ist nur, wo sie überhaupt bleibt. Man sagt zwar, der eine sei eine treue Seele und der andere habe ein gutes Herz, doch mit dem guten Herzen hat man ja jetzt schon aufgeräumt; man läßt sich ein anderes einpflanzen, gut oder nicht gut, vielleicht sogar das Herz eines Toten, lebt weiter und bleibt genau derselbe Mensch, der man schon immer gewesen war. Am Herzen selber kann es also nicht liegen. Liegt es an der Seele? Die Theologen behaupten es. Beweisen können sie es nicht, sie beschränken sich darauf, zu glauben und glauben zu lassen, aber je älter der Mensch wird, desto mehr stellt er fest, daß er an viel zu viel geglaubt hat: an zu viele Menschen und an zu viele Träume, an zu viele Parolen, Programme und Ideologien, und die Pastoren sagen ihm natürlich, er habe eben an die falschen Menschen, Träume, Parolen, Programme oder Ideologien geglaubt. Doch warum haben sie ihn nicht davor gewarnt? Auch Seelsorger behalten immer nur im Nachhinein recht, obwohl gerade sie die Funktion hätten, einem im voraus zu sagen, was recht und gottgefällig ist. Ihr Gott steht mir ein wenig zu viel zu Diensten. Sie sind auf eine bedenkliche, wenn nicht verdächtige Art unmenschlich parat; sie wissen die Lösung, ehe sie das Problem erkannt haben. Wenn alles gut geht, berufen sie sich auf einen Gott, der lieb ist, und wenn es einmal anders kommt, verweisen sie auf jenen fragwürdigen Gott, dessen Ratschlüsse unerforschlich seien. Ich nahm mir vor, schon morgen mein Testament zu machen und darin festzulegen, daß ich verbrannt werden möchte. Wem ich meine Hütte vermachen wollte, wußte ich nicht. Ich erwog jeden Tag einen anderen Erben, doch wen ich noch gestern für tauglich erachtete, der erschien mir schon morgen ungeeignet. Meine Hütte ist nicht viel wert, es gibt solche Hütten überall, und wenn man den Annoncen glauben darf, sind sie spottbillig zu haben. Aber es ist eben meine Hütte, ich hänge an ihr, und ich will nicht, daß nach meinem Tod irgendein überraschter Nutznießer meinen Schreibtisch durchsucht und nicht einmal weiß, wie man den Ofen zum Brennen bringt. Es könnte einem gleichgültig sein, was nach seinem Tod mit einer Hütte, einem See und überhaupt passiert; mir ist es nicht gleichgültig. Ich will einen Erben, der die Hecke zweimal im Jahr schneidet, der nachts aufwacht, um an den See zu gehen,

der überall auf der Welt gewesen sein mag, aber nur in der Hütte sein Zuhause hat. Solche Erben gibt es jedoch nicht, und weil es sie nicht gibt, macht man nie, zu früh oder zu spät sein Testament. Niemand macht sein Testament für heute. Heute lebt man. Heute denkt man nicht an den Tod, zumindest nicht an den eigenen, obwohl es gar nichts eigneres gibt als den Tod. Schon deshalb sind Testamente entweder von gestern oder für morgen. Die von gestern verschließt man vor sich selbst, die für morgen schiebt man hinaus. Testamente von heute gibt es nicht, es sei denn, einer setzt sich hin, nimmt ein Blatt Papier, schreibt darauf seinen letzten Willen, überliest das Ganze noch einmal, setzt seinen Namen darunter und stirbt. Die meisten Leute sterben anders. Zwei Minuten vor ihrem Tod sagte meine Mutter, sie glaube mir nicht, daß ich den Geranien auf ihrem Balkon Wasser gegeben hätte. Ich wußte, daß sie gleich sterben würde, sah sie an und gab ihr keine Antwort.
Die Wirtshausstube war leer. Die Leute vom See kommen meistens erst kurz vor Acht, und es sind immer nur wenige und immer dieselben. Ich setzte mich an den runden Tisch neben den gekachelten Kamin und ließ mir von der Tochter des Wirts einen Grog bringen. Das Mädchen war Fünfzehn, aber in Wirtshäusern werden Mädchen früher reif und viel zu schnell erfahren.
Im Kamin brannte das Feuer. Die Standuhr tickte. Die Tochter des Wirts hatte sich in die äußerste Ecke neben dem Spielautomaten gesetzt und las in einem Groschenheft. Ich hielt das Glas in beiden Händen, rieb es hin und her, der Grog dampfte, ich trank, dachte an meinen Überlinger Bekannten, an meine Kölner Firma, an meine geschiedene Frau, an meine Tochter, an meine Katze, die im See ertrunken war, und ich nahm mir vor, den Pfarrer zu fragen, ob er auch Leute beerdige, die sich verbrennen lassen.

Heute kommt wohl niemand, sagte ich.
Die Tochter des Wirts saß in der hintersten Ecke der Gaststube, las und schwieg.
Ich drehte mich zu ihr um und sagte noch einmal: Es kommt wohl niemand.
Kann schon sein, sagte sie.
Es ist ja auch hundekalt, sagte ich.
Doch, sagte sie und las weiter.
Ich nahm mir eines der veralteten Lesezirkel-Hefte und blätterte darin herum. Der 58jährige Bote aus dem Bundeshaus, Eduard Plaghki, hatte mit einer Überdosis Beruhigungsmittel seine Frau in einen Tiefschlaf versetzt und ihr dann ein Heizkissen untergelegt, dessen Schnur defekt war. Dann schaltete er den Strom ein, die Frau war sofort tot. Der Bonner Staatsanwalt Dietrich Galle meinte: »Dem Mann wäre beinahe der perfekte Mord gelungen.« – Nach einer Untersuchung des französischen Zeitungswissenschaftlers Dr. Yves Valmain war 1970 »Liebe« das meistgebrauchte Wort in der Presse, gefolgt von »Leidenschaft«, »Frau«, »Mode« und »Herz«. 1971 rutschte »Liebe« auf den neunten Platz. Spitzenreiter ist »Sex« vor den Worten »Krieg«, »Mord«, »Rauschgift«, »Atom« und »Politik«. – Im »Herrenhaus von Beaurepaire«, 25 Kilometer westlich von Montreal, lebt seit 250 Jahren ein Gespenst und stößt, pünktlich um Mitternacht, entsetzliche Schreie aus. – Der britische Botschaftsrat Lance Pope erhielt den »Orden wider den tierischen Ernst«, und der achtzehnjährige Hans van der Aar wurde in Istanbul zu dreißig Jahren Haft verurteilt: zehn Jahre für Haschschmuggel, zehn Jahre für Haschbesitz, zehn Jahre für Haschhandel, und seine Freundin Penelope Ann Cash, zwanzig Jahre alt und Tochter eines Millionärs, hatte sich im Gefängnis umgebracht. – Die Italo-Amerikanerin Camilla Laruccia flog von New

York nach Rom, entführte aus der Schule von Polignano ein Mädchen, das sie für ihre Tochter hielt, aber als sie wieder in New York gelandet war, stellten die Behörden fest, daß Frau Laruccia das falsche Kind entführt hatte. – Die Firma Chanel läßt Zibetkatzen bei Temperaturen von fünfzig und sechzig Grad in winzige Käfige sperren; die künstliche Hitze löst in bestimmten Drüsen der Katzen Sekrete aus, die auf sehr schmerzvolle Weise herausgekratzt werden, und in der Rubrik »Sprechstunde« fragte eine Leserin an, ob sie ihrem Mann gegenüber zu nachsichtig sei, und Dr. Braun antwortete: »Zu einer Ehe gehört es, daß beide Seiten auch einmal nachgeben.«

Die Tür wurde aufgestoßen, es war der Josef. Er stapfte sich den Schnee von den Schuhen, warf seine Mütze über den Garderobenständer, rieb sich die Hände, blies die Bakken auf, setzte sich an meinen Tisch, und das sei ja ein Wetter zum Krepieren, sagte er, rief der Tochter des Wirts zu, sie solle ihm einen Schoppen bringen und kramte in seiner Rocktasche.

Gleich, sagte das Mädchen, las aber weiter.

4

Der Josef war erst seit dem vergangenen Sommer am See. Niemand wußte, woher er gekommen war und wie lange er bleiben würde. Eines Tages war er dagewesen, und man hatte seine Ankunft kaum bemerkt. Die Bauern waren beim Heuen, und der Josef war hinausgegangen, hatte sich eine umherstehende Heugabel genommen und bis in den späten Abend hinein mitgeholfen. Da er es ablehnte, für seine Arbeit Geld zu nehmen, lud man ihn zur Brotzeit ein, versuchte, mit ihm in ein Gespräch zu kommen, fragte ihn, von wo er denn sei und was er am See suche, aber der Josef schwieg sich mehr oder weniger aus; er mochte es nicht, wenn man ihm viele Fragen stellte, nein, sagte er, laßt nur, das sei doch nicht wichtig, und man solle ihn den Josef nennen.
Zuerst hatte es im Dorf viel Gerede gegeben. Gerüchte tauchten auf und flauten wieder ab; mal hieß es, der Josef würde bestimmt von der Polizei gesucht, dann behauptete man, er sei seiner Familie davongelaufen, bis man sich schließlich darauf versteifte, der Josef habe wegen eines Sittlichkeitsdelikts im Zuchthaus gesessen, und die Schwester des Küsters wollte darüber sogar einen Bericht in einer alten Illustrierten gelesen haben. Was daran wahr oder erfunden war, wußte niemand, und der Josef tat so, als merke er von dem Gerede nichts. Schließlich wurden die Gerüchte langweilig, sie schliefen ein, keiner am See wollte noch Geschichten vom Josef hören, er war da, und nun mochten ihn fast alle.

Bis auf seine verrückten Ideen. Manchmal nämlich fing der Josef zu spinnen an; dann log er das Blaue vom Himmel und schien es auch noch selber zu glauben. Es war wirklich eigenartig; tagelang redete er kaum ein Wort, tat schweigend seine Arbeit, und wenn man ihn traf, grüßte er zwar freundlich, vermied es aber, sich in ein Gespräch verwickeln zu lassen. Plötzlich aber überkam es ihn: im Wirtshaus, während der Brotzeit oder wo auch sonst, fing er an, irgendeine Geschichte zu erzählen, also, sagte er, das war vor zehn Jahren in der Türkei, und während er nun von einem seiner sogenannten Abenteuer berichtete, hörten die einen ihm ungläubig zu, die anderen lachten, und manch einer sagte ihm rundheraus, daß er wohl nicht richtig im Kopf sei. Dem Josef machte das nichts. Er erzählte seine Geschichte zu Ende, ließ sich durch nichts beirren, und wenn er fertig war, sagte er, genauso sei das damals gewesen, stand auf, verabschiedete sich und redete dann tagelang kein Wort.
Auch an jenem kalten Winterabend, als er ins Wirtshaus kam und sich zu mir an den Tisch setzte, war er plötzlich redselig geworden. Er ließ sich von der Tochter des Wirts sein Glas füllen, nahm einen Schluck, wartete, bis das Mädchen sich wieder neben den Spielautomaten gesetzt hatte und in ihrem Groschenheft las, nahm einen zweiten Schluck, sah mich an, also, sagte er, ob er mir schon die Geschichte erzählt habe, wie er als blinder Passagier mit der »Atlantik« nach New York gefahren und gleich am ersten Tag seiner Ankunft in die Hände einer Gangsterbande gefallen sei.
Ich kannte die Geschichte nicht.
Ob ich denn daran interessiert sei, sie zu hören.
Doch, sagte ich, das sei ich.
Aber ich müsse auch ein wirkliches Interesse daran haben,

meinte er, denn sonst lasse er es lieber, es müsse ja nicht sein.
Ich finde deine Geschichten immer gut, sagte ich; wenn es anders wäre, würde ich es sagen.
Wirklich?
Bestimmt, sagte ich, und was war denn nun in New York?
Also, sagte er, das sei natürlich schon zwanzig Jahre her, aber damals habe er sich auf ein Schiff geschmuggelt, auf die »Atlantik« nämlich, sich vierzehn Tage lang im Frachtraum versteckt gehalten, und als er dann endlich an Land gekommen sei, habe er zunächst nicht einmal gewußt, daß er in New York war. Die Überfahrt sei entsetzlich gewesen, das könne man wohl sagen, aber er wolle sich damit nicht lange aufhalten, das sei eine Geschichte für sich, die würde er ein andermal erzählen, aber vom ersten bis zum vierten Tag habe er sich aus seinem Versteck im Frachtraum nicht herausgetraut, weder gegessen noch getrunken, immer nur zwischen zwei Reihen aufgestapelter Kisten gehockt, in völliger Dunkelheit, Tag und Nacht, ja, sagte er, die ganze Überfahrt sei eben eine Geschichte für sich, und jetzt wolle er also berichten, wie es ihm in New York ergangen sei.
Er trank. Die Standuhr schlug Sieben.
Er sei an Land gegangen, behauptete er, habe sich in der Stadt umgesehen, mal hier und mal dort nach Arbeit gefragt, aber die Menschen seien sehr unfreundlich gewesen, sie hätten ihn beschimpft und auch zur Tür hinausgeworfen, nein, daran erinnere er sich nicht gern, und am Abend sei er im Zentralpark gelandet, ziemlich elend und halb verhungert, habe sich auf eine Bank gelegt, doch noch ehe er eingeschlafen war, sei ein Mann gekommen und habe ihn gefragt, ob er Arbeit suche.

Ja, hatte der Josef gesagt, die suche er tatsächlich und um welche Arbeit es sich denn handle.
Das würde er ihm dann schon erklären, hatte der Mann erwidert, und der Josef war mit ihm gegangen.
Die Büroräume der Firma, für die der Josef nun arbeiten sollte, lagen mitten in der Stadt, in der sechsten Etage eines Hochhauses. Es war offensichtlich eine kleine Firma; sie bestand aus zwei Büros, einem Konferenzzimmer, einer Kochküche und einem kleinen Abstellraum, in dem auch eine Pritsche aufgestellt war. Man sagte dem Josef, er könne dort übernachten, nur für den Übergang natürlich, denn die Firma würde ihm in den nächsten Tagen ein möbliertes Zimmer besorgen.
Seine Arbeit war denkbar einfach; er mußte die Büros und das Konferenzzimmer sauberhalten, und wenn etwas im Eisschrank fehlte, gab man ihm so viel Geld wie er zum Einkaufen brauchte. Er beköstigte sich selbst, hatte immer Zigaretten, und er durfte auch Bier, Wein und Whisky nehmen, niemand hatte etwas dagegen.
Bis auf wenige Stunden in der Woche war er Tag und Nacht allein. Von dem möblierten Zimmer, das die Firma ihm besorgen wollte, war bald nicht mehr die Rede; er schlief in der Abstellkammer, und ihm war das recht so. Er wunderte sich zwar, daß die Büros tagelang leerstanden, aber schließlich ging ihn das nichts an. Ab und zu kam eine schon ältere Sekretärin, tippte etwas auf ihrer Schreibmaschine, und nach einer knappen Stunde ging sie wieder. Einmal hatte der Josef sie gefragt, was denn die Firma eigentlich mache und in welcher Branche sie tätig sei, doch die Sekretärin gab ihm irgendetwas zur Antwort, das er nicht verstand.
Mit der Zeit wurde es dem Josef langweilig. Vom Nichtstun, dachte er, kann weder ein Mensch noch eine ganze

Firma leben, auch in Amerika nicht, und manchmal, wenn er nicht schlafen konnte, ging er durch die Büros, durchsuchte die Schränke und die Schreibtische, aber er fand nichts, was ihm verdächtig erschien.
Stutzig machte ihn nur zweierlei. Jede Woche dienstags mußte er einen kleinen schwarzen Koffer zu einer Exportfirma am Rande der Stadt bringen; im Kontorraum saß immer derselbe kleine, etwas eingebildete Mann mit einer Nickelbrille, nahm ihm den Koffer ab, gab ihm ein verschlossenes Couvert und sagte, das Couvert sei wichtig, er solle es sofort bei seiner Firma abgeben. Sonst sagte der Mann nichts, es hatte gar keinen Zweck, mit ihm ein Gespräch anzufangen, und es war jedesmal dieselbe Prozedur.
Eine andere Sache waren die Sitzungen des Firmenvorstandes. Etwa alle zehn Tage kamen einige Herren, schlossen sich im Konferenzzimmer ein, und vor der Tür hielt immer jener Mann Wache, der den Josef im Zentralpark aufgelesen und ihm zu seinem Job verholfen hatte. Der Josef fragte natürlich, was das für Herren seien und worüber sie wohl verhandelten, aber der Mann sagte, das ginge ihn nichts an, er solle sich um seine eigenen Angelegenheiten kümmern, und meistens schickte er ihn auch fort, um Besorgungen zu machen. Und wenn der Josef dann sagte, er habe schon alles besorgt, der Eisschrank sei voll, Whisky sei da, Bier, Wein, Zigaretten, dann erwiderte der Mann, irgendetwas würde schon fehlen und er solle jetzt sehen, daß er fortkomme.
Als er schon mehrere Monate bei der Firma tätig war, rief ihn eines Tages die Sekretärin ins Büro und teilte ihm mit, daß sie einen Auftrag für ihn habe. Sie übergab ihm einen Paß und jenen schwarzen Koffer, den er immer bei der Exportfirma abgeliefert hatte. Der Paß trug sein Foto, war jedoch auf einen anderen Namen ausgestellt, und während

der Josef noch überlegte, wie die Firma wohl an sein Foto gekommen war, sagte die Sekretärin: Ich lasse Sie in zehn Minuten mit einem Taxi zum Flughafen bringen. Dort nehmen Sie die Maschine 17.13 nach Santiago. Den Koffer geben Sie bei der Gepäckaufgabe ab. In Santiago empfängt Sie ein Mitarbeiter der Firma und sagt Ihnen, was Sie dann zu tun haben. Haben Sie verstanden?
Doch, sagte der Josef, nur wollte er gern wissen, woran der Herr in Santiago ihn denn erkennen würde.
Darüber solle er sich keine Gedanken machen, sagte die Sekretärin, gab ihm die Flugkarte und hundert Dollar. Als Vorschuß, sagte sie.
Der Josef wußte zwar nicht, woher der Herr aus Santiago ihn kennen solle, aber vielleicht hatte ihm die Firma sein Foto geschickt oder den Koffer genau beschrieben, was wußte er; er war froh, endlich einmal etwas anderes zu sehen als die Büroräume und den Selbstbedienungsladen von nebenan, und er machte alles genau so, wie es ihm die Sekretärin gesagt hatte. Am Flughafen gab er den schwarzen Koffer auf, legte sein Ticket vor, ging zur Paßkontrolle, und als der Beamte zuerst ihn und dann das Paßfoto ansah, hatte er nicht einmal Angst. Er ging in den Warteraum für Auslandflüge, holte sich an der Bar einen Whisky und setzte sich an einen leeren Tisch. Es war zehn vor Fünf, die Maschine ging in 23 Minuten.
Plötzlich erschienen mehrere Männer im Warteraum, in ihrer Mitte ein großer, älterer, weißhaariger Herr, eine Stewardeß ging ihm voraus, schob die Glastür zum Flugfeld auf, ließ die Herren hindurch und winkte den Chauffeur einer eleganten schwarzen Limousine heran. Der Josef sah, wie die Herren ins Auto stiegen und zum Flugzeug fuhren, und während er noch überlegte, was das alles zu bedeuten habe, hörte er, wie sich die anderen Fluggäste über den

Vorfall unterhielten, und einer sagte, der weißhaarige Herr sei der Präsident irgendeines südamerikanischen Staates gewesen, das wisse er genau, er könne nur nicht sagen, von welchem Staat. Aber das sei er gewesen, sagte er, ganz bestimmt. Der Josef hörte zu, doch damit war der Fall für ihn auch schon erledigt. Ihm konnte es egal sein, wer dieser Herr war.

Es war kurz nach Fünf, als die Passagiere des Fluges 17.13 nach Santiago durch den Lautsprecher aufgefordert wurden, noch einmal in die Gepäckabfertigung zu kommen. Die meisten Leute schimpften, fragten, was denn das nun wieder solle, aber alle gingen zurück. Der Josef hielt sich abseits und wartete ab; ganz geheuer war ihm nicht. Wenn die einzelnen Gepäckstücke noch einmal durchsucht werden sollten, dann war er aufgeschmissen; er hatte für den kleinen schwarzen Koffer nicht einmal einen Schlüssel, und was der Koffer enthielt, wußte er schon gar nicht. Vielleicht war Gold darin, vielleicht Rauschgift, und für einen Augenblick überlegte er, ob er nicht einfach verschwinden sollte. Aber was dann? Zur Firma hätte er nicht mehr zurückgekonnt, und wo sonst sollte er in Santiago Arbeit finden? Er hatte da seine Erfahrungen gemacht, besaß weder eine Arbeitserlaubnis noch einen gültigen Paß, und außerdem wollte er nicht vorschnell aufgeben.

Die Gepäckstücke rollten herein. Die anderen Passagiere drängten sich, um möglichst rasch an ihre Koffer zu kommen, nur der Josef ließ sich Zeit. Er stand als letzter in der Reihe, sah den kleinen schwarzen Koffer auf sich zurollen, ergriff ihn, versteckte ihn hinter seinem Rücken und ging langsam ein paar Schritte zurück. Dann sah er sich um. Kaum einen Meter von ihm entfernt stand ein großer, hölzerner Abfallkasten; der Josef schob sich rückwärts an den Kasten heran, ließ den Koffer hineinfallen, sah sich noch

einmal um, zündete sich eine Zigarette an und ging dann langsam auf und ab. Niemand schien etwas bemerkt zu haben. Die einzelnen Gepäckstücke wurden durchsucht, und obschon sich die Passagiere beschwerten, ließen sich die Beamten nicht aus der Ruhe bringen und beantworteten auch keine Fragen.
Sie fanden offensichtlich nichts. Der Josef dachte, nun sei die Sache gelaufen, als ein Beamter auf ihn zukam und ihn fragte, wo er sein Gepäck habe.
Gepäck? Er habe kein Gepäck, sagte der Josef.
Sie wollen nach Santiago?
Ja.
Für wie lange?
Nur bis morgen.
Der Beamte sah ihn an. Dann fragte er: Und Sie haben nichts mit? Nicht einmal Waschzeug?
Er brauche kein Waschzeug mitzunehmen. Er habe ein Zimmer in Santiago, bei seiner Schwester, sagte der Josef.
Sie wohnen wo?
Er wohne möbliert, sagte der Josef. Er habe in New York und in Santiago Waschzeug, er fliege fast immer ohne Gepäck, nur manchmal nehme er schmutzige Wäsche mit zu seiner Schwester.
Noch immer schien der Beamte ihm nicht zu trauen. Die anderen Passagiere waren längst wieder im Warteraum, die Maschine wurde zum zweitenmal ausgerufen. Der Beamte sah auf die Uhr. Irgendetwas stimme da nicht, meinte er, aber er ließ den Josef gehen.
Der Josef ging zurück in den Warteraum, holte sich wieder einen Whisky, setzte sich, und als die Maschine zum dritten und letzten Mal ausgerufen wurde, zündete er sich eine Zigarette an, trank, nahm eine der liegengelassenen Zeitungen und tat so, als lese er darin.

Der Mann an der Bar sah zu ihm hinüber: Sie wollten doch nach Santiago, oder?
Nach Santiago? Nein. Er wolle nach Buenos Aires.
Die Maschine nach Buenos Aires sei schon vor zwei Stunden gestartet.
Wirklich? Der Josef zahlte. So was, sagte er und ging hinaus.
In der Gepäckabfertigung war niemand mehr. Er ging zu dem Abfallkasten, nahm den kleinen schwarzen Koffer heraus und verließ den Flughafen. Niemand beachtete ihn.
Erst jetzt, nachdem alls vorbei war, hatte er Angst. Er nahm ein Taxi und fuhr zurück zur Firma.
Der Firmenvorstand tagte gerade. Wieder stand jener Mann, den er aus dem Zentralpark kannte, vor der Konferenztür, und der Josef sagte ihm, er müsse unbedingt hinein. Das ginge nicht, sagte der Mann. Aber, sagte der Josef, es sei wirklich dringend und vielleicht sogar sehr, sehr wichtig.
Er habe seine Befehle, sagte der Mann. Befehle oder nicht, erwiderte der Josef, er habe einen Sonderauftrag gehabt, der Koffer sollte nach Santiago, und nun müsse er den Herren vom Firmenvorstand unbedingt mitteilen, was geschehen sei.
Nein, sagte der Mann.
Es kann Sie Ihre Stellung kosten, wenn Sie mich nicht hinein lassen.
Der Mann schüttelte den Kopf. Stell den Koffer da hin, sagte er, und mach ein paar Besorgungen. Hol Whisky oder Zigaretten oder was dir gerade einfällt.
Der Josef resignierte. Er ging zum Fahrstuhl. Er fuhr nach unten, ging die Straße herauf bis zum Selbstbedienungsladen, und während er noch überlegte, was eigentlich einzukaufen war, hörte er irgendetwas detonieren. Er sah sich

um, ging die Straße zurück, und gerade vor dem Hochhaus, wo seine Firma im sechsten Stock ihre Büroräume hatte, blieben die Menschen stehen, sahen nach oben, riefen durcheinander, zeigten auf den sechsten Stock, und jetzt sah auch der Josef, daß die ganze Etage zertrümmert war und die Betondecke bis zum vierten Stock herunterhing. Ein Mann neben dem Josef sagte: Da ist nichts mehr zu retten.
Das also war in New York, sagte der Josef und trank sein Glas leer. Ich wußte nicht recht, wie ich auf seine Geschichte reagieren sollte, aber ich hatte den Eindruck, daß es eher eine Geschichte von Hitchcock als vom Josef war.
Da wollten die doch den chilenischen Staatspräsidenten umbringen, sagte er, und mir hatten sie den kleinen schwarzen Koffer mit einer Zeitbombe mitgegeben. Und wenn alles geklappt hätte, wäre ich mit in die Luft gegangen.
Nun muß ich aber sehen, daß ich heim komme, sagte er, doch über die Geschichte mit dem chilenischen Staatspräsidenten haben damals alle Zeitungen berichtet, sagte er, und bis vor ein paar Jahren hätte er noch die »New York Times« aufbewahrt, nun sei sie ihm verlorengegangen, leider, sagte er.
Als er gegangen war, kam die Tochter des Wirts an meinen Tisch und fragte, ob ich noch einen Grog wolle. Zum Leben des Josef, dachte ich, gehören seine Geschichten, und vielleicht zog er nur deshalb durch die Lande, weil er immer nach Menschen suchte, die sich seine Geschichten anhören mochten.
Nein, sagte ich, ich muß jetzt auch zahlen.
Es war kurz vor Acht. Ich zahlte. Bei wem hilft denn der Josef jetzt aus, fragte ich.
Sie wußte es nicht. Mal da, mal da, sagte sie. Sie zog unter

ihrer Schürze ein viel zu großes Portemonnaie heraus, raschelte mit den Geldstücken, wollte mir ein paar Groschen zurückgeben, aber, sagte ich, das stimmt so.
Jetzt kommt niemand mehr, sagte sie, hinter Ihnen schließe ich gleich ab.
Ich stand auf. Der Josef kommt wohl selten, sagte ich.
Der spinnt doch, sagte sie, den dürfe man doch nicht ernst nehmen.
Ja, sagte ich, vielleicht.
Und am See hat der schon gar nichts verloren. Der paßt nicht zu uns, sagte sie, und wir passen nicht zu dem.
Ich ging zur Hütte und machte den Ofen an. Auch ich konnte mir nicht erklären, warum der Josef ausgerechnet an den See gekommen war. Vielleicht suchte er nach einem langen Landstreicherleben am See seine späte Heimat. Vielleicht auch war der See für ihn nicht mehr als eine zufällige Zwischenstation. Am See aber muß man heimisch werden oder fortziehen, darin ist er unnachgiebig. Als der Ofen endlich durchzog, setzte ich mich noch hin und begann mit dem Bericht für meine Kölner Firma.

5

Es gibt solche Tage. Sie gehen vorbei, und wenn man zurückblickt, fragt man sich, wo sie geblieben sind. Was gestern war, wird auch morgen sein; zur Stallzeit klappern die Milchkannen, neuer Schnee deckt den alten zu, manchmal bellt ein Hund, und wenn man nachts die Hüttentür aufmacht, sieht man die Hand vor Augen nicht; man könnte überall sein.
Die Abende nehmen kein Ende. Früher, als ich meine Katze noch hatte, gab es wenigstens manchmal eine Abwechslung, und zumindest haben wir uns nie gelangweilt. Sie saß in ihrem Sessel oder auf meinem Schoß, wir sahen uns an, redeten mitunter nicht und unterhielten uns doch, und selbst, wenn sie schlief oder nichts von mir wissen wollte, so war sie immerhin da, ihre Anwesenheit machte die langen Winterabende erträglich, wir waren, ob wir wollten oder nicht, aneinander gewöhnt und aufeinander angewiesen, und wenn es auch vorkam, daß jeder von uns mit seinen Gedanken und Gefühlen allein war, so erlebten wir doch nie, was Einsamkeit ist. Jetzt war sie tot. Ihr Sessel war leer, das Kopfkissen blieb unbenutzt, und es hatte seine Zeit gebraucht, bis es nicht mehr nach Katze roch; niemand mehr kratzte an der Hüttentür, keiner schlief mit mir ein oder wachte mit mir auf, ich aß allein und führte Selbstgespräche, und sobald ich die Tür hinter mir zugeschlossen hatte, in meinem Sessel saß und nachdachte, hörte ich nur noch den eigenen Atem und meine allzu lauten Gedanken. Früher hatte ich mindestens einmal am Tag zu ihr gesagt: Nun

laß mich aber in Ruhe! Heute würde ich das nicht mehr tun. Doch manche Dinge lernt man eben erst, wenn der andere tot ist. Es wird zwar behauptet, die Zeit heile. Aber die Zeit heilt nicht, sie macht nur vergessen und vergeßlich, und jenes Sprichwort, das fordert, man solle die Toten ruhen lassen, läßt sich bequem umdrehen: gerade die Toten denken nicht daran, die Lebenden in Ruhe zu lassen, die Toten bleiben da, sie sagen einem: Das dort ist mein Sessel, hier steht mein Bett, drüben liegt noch immer mein Kissen. Die Toten sagen tatsächlich »mein«, obwohl sie keine Besitzansprüche mehr haben, und erst wenn sie lästig werden, bringt man den Sessel zum Polsterer, gibt das Bettlaken zur Wäsche und fragt den Nachbarn, ob er für das Kissen noch Verwendung habe. Erst dann ziehen die Toten aus. Sie haben eingesehen, daß sie austauschbar sind, und Bauer Greiffs Sohn hatte mich schon vor Monaten gefragt, ob er mir eine neue Katze besorgen solle. Ich war unschlüssig und wich der Frage aus.

An solchen Abenden vertrödelt man die Zeit oder zieht Bilanz. Wenn die Katze noch lebte, würde ich mich zu ihr setzen, sie streicheln, und um mit ihr ins Gespräch zu kommen, könnte ich sie fragen, was sie von der Kälte halte und ob sie es schwer nehme, jetzt keine Fische fangen zu können, aber sehr wahrscheinlich würde sie darauf keine Antwort geben. Natürlich hielt sie nichts von der Kälte, und daß sie lieber Fische fing als in der Hütte zu sitzen, war weder einer Frage noch einer Antwort wert. Ich war ganz sicher, ihre Gedanken erraten zu haben.

Hinter Bauer Greiffs Stall, sagte ich, lag gestern eine erfrorene Katze. Du hast sie sicher gekannt, aber ich weiß nicht mehr, ob sie mit dir verwandt war.

Eine Nichte, sagte sie und schlief weiter; zumindest tat sie so.

Ich sagte: Sie sah der Katze ähnlich, die früher schon mal auf der Bank vor der Hütte gesessen hat. Du hast dich gut mit ihr vertragen.
Das wußte sie nicht mehr, wirklich nicht.
Die tote Katze hatte ein dickes, grauschwarzes Fell, und ihre Ohren waren noch dicht behaart, ohne jede Schramme.
Ich kannte sie nicht näher, sagte die Katze, gähnte, sah zum Ofen, leckte sich den Mund und kämpfte noch immer mit dem Einschlafen.
In der Abstellkammer steht noch Büchsenfisch, sagte ich; aber sie sah nicht einmal auf.
Ich wollte ihr sagen, daß sie sich nicht so nötigen lassen solle, aber dann fiel mir ein, daß sie tot war, und ich sagte: Ich werde den Fisch hereinholen und dir hinstellen; dann kannst du ihn essen, wenn er die richtige Temperatur hat.
Ich holte die Fischkonserve aus der Abstellkammer, machte die Büchse auf, legte der Katze und mir je zwei Fische auf einen Teller, ging wieder ins Zimmer und sagte: Der Fisch ist tadellos.
Ich aß. Die Katze rührte sich nicht. Von den Toten trennt man sich rigoros oder nie.
Ich nahm mir vor, sie von nun an nicht mehr zu beachten. Früher hatte ich mit dieser Taktik gute Erfahrungen gemacht; sie war meistens erst dann lieb oder zärtlich geworden, wenn sie merkte, daß sie sich mir gegenüber zu ablehnend benommen hatte. Noch während ich aß, nahm ich die Zeitung, versuchte zu lesen, aber ich dachte nur an die Katze, und als ich mich davon ablenken wollte, fiel mir meine Kölner Firma ein, aber daran wollte ich natürlich auch nicht denken. Manchmal allerdings zwingt man sich zu oft, seine Gedanken zu verdrängen, und dann tauchen sie einem im Traum auf und machen die Nächte schlaflos. Ich ging zum

Ofen und legte zwei Briketts auf, obschon das noch nicht nötig gewesen wäre.
Die Katze ging nach nebenan. Ich las weiter und wartete ab. Als sie wieder zurückkam, setzte sie sich auf ihren Stuhl.
Ich sagte: Im Dorf hat sich manches geändert.
Ihr war nichts aufgefallen.
Doch, sagte ich, der Stall vom Weißer Hof ist abgerissen worden, und der Lehrer hat eine neue Garage. Und zwischen dem See und Moosbach soll eine Autobahn hinkommen.
Das interessierte sie nicht.
Von mir gibt es nicht viel zu berichten. Ich fahre nur nicht mehr so oft nach Köln, sagte ich, und eine Sekretärin kann ich mir nicht mehr leisten. Aber sonst? In der Hüttte ist alles beim alten geblieben, sogar der Astor-Büchsendeckel für deine Milch steht noch immer in der Abstellkammer. Aber seit du tot bist, sagte ich, sitze ich oft da und weiß nicht, was ich tun soll.
Sie ging zur Tür, krümmte den Rücken und sah mich an. Ich wußte, daß sie hinaus wollte, aber ich ließ mir das nicht anmerken. Wenn ich sie fort ließ, würde sie nie mehr wiederkommen, und je länger die Toten tot sind, desto rarer machen sie sich. Sie blieb an der Tür stehen.
Ich ärgerte mich. Es ist viel zu kalt draußen, sagte ich, ging hinüber ins Arbeitszimmer, machte Licht, setzte mich an meinen Schreibtisch und wartete nur darauf, daß sie mir nachkam. Vielleicht willst du noch Milch, rief ich ihr zu.
Sie gab keine Antwort.
Ich saß an meinem Schreibtisch. Ich hatte vergessen, die Konstruktionsskizzen für das Rorschacher Projekt wegzuräumen, legte die einzelnen Pläne zusammen, steckte sie in die Schublade. Immerhin lag es an mir, ob ich der Katze die Tür aufmachte oder nicht, aber die Frage ist ja immer die, wer sich durchsetzt.

Ich ging zu ihr hinüber. Draußen ist es eiskalt, sagte ich, und der Schnee liegt einen halben Meter hoch.
Ich seh mich nur mal kurz um, sagte sie.
Ich wußte, daß sie log, aber ich öffnete ihr die Tür, und sie ging hinaus. Ein schmaler, langer Lichtstreifen fiel durch den Türspalt auf den Schnee. Ich konnte nicht einmal erkennen, wohin sie gegangen war.
Ich setzte mich in meinen Sessel, rauchte, sah auf die Uhr, doch gleich danach hatte ich schon vergessen, wie spät es war. Ich konnte nicht begreifen, warum die Katze unser Wiedersehen so sinnlos vertan hatte. Sie war zum letzten Mal in der Hütte gewesen, das wußte sie so gut wie ich, aber als sie ging, hatte sie sich nicht einmal umgesehen.
Plötzlich klopfte es. Ich erschrak. Ich sagte: Was ist denn?
Bauer Greiff machte die Tür einen Spalt auf und fragte: Haben Sie Besuch?
Ich sah ihn an. Besuch, sagte ich, wieso Besuch?
Ich wollte nicht stören, sagte er, aber Sie haben überall Licht brennen, in Ihrem Arbeitszimmer, in der Abstellkammer, draußen vor der Hütte, und da, sagte er, da dachte ich, Sie hätten Besuch.
Das habe ich wohl vergessen, sagte ich; kommen Sie doch herein.
Vielen Dank, sagte er, aber wenn Sie Lust haben, so kommen Sie doch zu uns herüber zum Fernsehen. Ich weiß nicht, was drin ist, aber meine Frau hat mich extra hergeschickt.
Ja, sagte ich, dann komme ich in zehn Minuten. Ich muß mir nur noch meine Stiefel anziehen und nach dem Ofen sehen. Ist das recht so?
Als er gegangen war, spülte ich zunächst den Fischteller ab. Gerade Fischgeruch hält oft tagelang an.

6

Vor allem die Sonntage sind austauschbar. In der Nacht davor hatte ich wieder einmal das sogenannte Eisenrückschlamm-Verfahren von Thomas überprüft und zum xten Male durchgerechnet, weil ich mir immer noch einredete, in seinem Phosphat-Austausch-System müßten einige Berechnungen falsch sein, aber ich konnte keinen Fehler finden. Es ist fast eine Regel, daß gerade komplizierte Vorgänge im Ergebnis immer verblüffend einfach sind und jedermann glaubt, dahinter hätte man doch schon lange kommen können. Erst gegen Morgen legte ich die Tabellen fort, ging mit zu vielen Gedanken zu Bett, schlief schlecht, und als ich erwachte, wußte ich zunächst nicht, daß Sonntag war.

Wenn ich leben könnte, wie ich leben möchte, wären mir die Sonn-, die Feier- und die Gedenktage Tage wie alle anderen auch, aber die Leute vom See denken anders darüber. Sie ziehen ihre besten Kleider an und gehen zur Kirche, sie fahren zu Verwandten oder bekommen Besuch, sie leisten sich zu Mittag einen Braten und zum Nachmittag den Kuchen, und ehe die Bauern in den Stall gehen, sehen sie noch die Sportschau im Fernsehen, diskutieren mit einem Verwandten über künstliche Befruchtung oder Kindererziehung, über Subventionen oder den Ankauf eines neuen Traktors, und nicht selten werden dann die Kühe eine halbe oder eine Stunde später gemolken, als sie es gewohnt sind; die Kühe, denke ich, mögen diese Sonntage auch nicht, sie lieben das geregelte Leben und die genaue Zeiteinhal-

tung, sie wollen gemolken werden und ihr Heu haben, Tag für Tag, morgens wie abends, Sonntage hin, Sonntage her.
Der Pfarrer predigte über einen Text aus dem Römerbrief. Die Stelle lautete:
»Laßt uns ablegen die Werke der Finsternis und anziehen die Waffen des Lichts. Wie am Tage lasset uns ehrbar wandeln; nicht in Schmausereien und Trinkgelagen, nicht in Schlafkammern und Unzucht, nicht in Zank und Neid. Sehet den Herrn Jesum Christum an, und pfleget der Sinnlichkeit nicht zur Erregung der Lüste.«
Bei Bibeltexten, sagte der Pfarrer, müsse man sich immer wieder fragen, wie das im einzelnen zu verstehen sei. Was habe der Apostel Paulus mit dieser Stelle gemeint, und was habe er uns sagen wollen? Gemeint habe er folgendes:
Die Menschen führen fast immer zwei Leben. Eines davon kann man jederzeit vorzeigen; es scheut weder das Tageslicht noch die Strafe Gottes, und es zeigt den Menschen so, wie er sich selber gern sehen möchte. Es ist ein Leben in Reinheit und in Zufriedenheit, dankbar für das Schöne und das Gute, demütig und gottgläubig bei den Sorgen des Alltags, bei Krankheit und bei Tod. Das zweite, andere Leben scheut das Tageslicht und die Blicke der Mitmenschen. Bevor das stehlende Kind zum Dieb wird, sieht es sich erst noch einmal um, ob es auch nicht beobachtet wird; wer neidisch ist, läßt es sich nicht anmerken, und die streitsüchtige Ehefrau macht ihrem Mann erst dann eine Szene, wenn die Kinder zu Bett sind und die Nachbarn es nicht hören; man spricht vom »heimlichen« Säufer und von »sinnlichen Nächten«: Also weiß der Mensch, was er weder öffentlich noch bei Tageslicht tun darf, aber warum, fragte der Pfarrer, tut er es trotzdem?
Der Apostel Paulus, sagte der Pfarrer, fordere ausdrück-

lich, daß die Sinnlichkeit nicht zur Erregung der Lüste da sei, aber gerade an dieses Gebot hielten sich die Menschen heute nicht mehr, im Gegenteil; sie propagierten den Lustgewinn, die Frühsexualisierung sei in eine geradezu teuflische Mode geraten, mit hektischer Wahllosigkeit würde Aufklärung um jeden Preis getrieben, und die Geschlechtlichkeit werde zum Konsumartikel erniedrigt. Mit dem modernen Sexkult verlöre der Mensch die ihm angeborene Scham, der Aufklärungsunterricht an den Schulen mache aus dem Sex sogar ein Bildungsziel, der Geschlechtsakt werde studiert und mancherorts schon trainiert, im Sexualatlas des Ministeriums sei das männliche Glied in einem krankhaften, ekelerregenden Zustand abgebildet, und auf einer Diskussion mit Studenten habe man ihm zugerufen: »Erst koitieren, dann moralisieren.«
In der Kirche wurde es unruhig. Manche redeten ziemlich laut miteinander, ein paar junge Leute gingen hinaus. Es war jedem im Dorf bekannt, daß der Pfarrer gern trank, aber an diesem Sonntagmorgen war er zweifellos nüchtern; man merkte sehr genau, daß er sich vorgenommen hatte, einmal richtig auf die himmlische Pauke zu hauen.
Nein, sagte er, er ließe sich um nichts auf der Welt davon abhalten, seine Meinung zu sagen und Gottes Wort zu verkünden. Auch der furchtbare Satz »Mein Bauch gehört mir« sei nicht nur eine Lästerung Gottes, er entwürdige den Menschen und ermuntere ihn auch noch, Totschlag und Mord gutzuheißen. Ist denn, rief der Pfarrer, das noch ungeborene Leben mit einem Blinddarm zu vergleichen? Und wenn der Blinddarm noch dem einzelnen Menschen gehört und jeder von uns das natürliche Recht hat, ihn entfernen zu lassen: Ist denn das zu vergleichen mit einem neuen, im Entstehen begriffenen Menschen? Hat dieses ungeborene, hilflose, wehr- und schutzlose Wesen denn überhaupt kei-

ne Rechte? Gehört es denn nur der Mutter, und haben nicht der Vater, die Geschwister, die Menschheit und Gott im Himmel einen Anspruch darauf, daß dieses Leben geschützt und geboren wird? Wo kommen wir hin, wenn der Mensch sich anmaßt, über Leben und Tod zu entscheiden, und hat man denn schon vergessen, daß im sogenannten Dritten Reich die Juden als entartet und die Kranken als des Lebens unwert vernichtet wurden? Nein, sagte der Pfarrer, die ganze Welt sei darauf gegründet, Leben zu erhalten und nur dort, wo Sexualität und Sinnlichkeit eingebettet wären in die große allgegenwärtige Liebe, da gebe es keine Abtreibungsprobleme, da sei jedes Kind ein Wunschkind und aufgehoben unter der schützenden Hand Gottes.
Wie immer an solchen Sonntagen blieben die Leute vor der Kirche stehen, redeten miteinander, bildeten kleine Gruppen, einer meinte: Das mußte einmal gesagt werden, ein anderer dagegen: Es sei aber doch etwas zu drastisch gewesen, und als der Pfarrer aus der Kirche kam, paßte die Frau des Fleischers ihn ab, sagte: Schön, wie Sie das gesagt haben, und der Pfarrer nickte, ging zu diesem und zu jenem, schüttelte Hände, strich dem Sohn vom Bauern Greiff über den Kopf und ermahnte ihn, seine Hausaufgaben sorgfältiger zu machen, nein, sagte der Lehrer, Leben sei nur dort, wo schon Bewußtsein ist, und allmählich lösten die einzelnen Gruppen sich auf, die Frauen gingen nach Hause, um das Mittagessen rechtzeitig auf dem Tisch zu haben, die Männer steckten sich noch eine Zigarette oder die Pfeife neu an, redeten, diskutierten, sprachen vom Fettgehalt der Milch, der vor Jahren noch bei 4 % lag, heute aber schon über 6 % erreichte, Bauer Greiffs Sohn war der Ansicht, daß sein Bauch nur ihm gehöre, und während einige Männer ins Wirtshaus gingen, stand ich noch einen Augenblick mit dem Lehrer zusammen und fragte ihn,

warum die Vertreter der Kirche durchweg konservativ, wenn nicht reaktionär sind, wohingegen Jesus vor allem ein Revolutionär gewesen sei, doch der Lehrer meinte, ich verwechsle Christentum mit Kommunismus, und er habe es eilig.

An solchen Sonntagen stehen die Männer an der Theke, trinken und reden, reden und trinken, und fast immer behalten jene recht, die im Grunde nichts, aber immer alles besser wissen. Es mag eine sehr persönliche Erfahrung sein, aber ich habe sie sehr oft gemacht: vor allem Männer, die zu Hause weder den Mund aufmachen noch etwas zu sagen haben, führen in Wirtshäusern das große Wort, stehen mit Kennermiene an der Theke, wissen, was Adenauer in der Zeit des Nationalsozialismus gemacht hat und warum Willy Brandt dreimal geschieden ist; sie sind mit dem Fußballspieler Gerd Müller per Du, den kannten sie schon, als der noch in einem Amateurverein ein blutjunger Anfänger war, und was den Krieg und die Russen, die Amerikaner, die Chinesen und die ganze Politik anbelangt, so lassen sie sich darin nichts vormachen, da wissen sie Bescheid, da sind sie ebenso beschlagen wie unbelehrbar, und je mehr sie getrunken haben, desto streitsüchtiger werden sie, sie haben es doch selber miterlebt, sagen sie, am eigenen Leibe verspürt, ihnen soll man doch nichts vormachen, und wenn dann die Tochter des Wirts kassieren will, auf dem Bierdeckel die Striche für die Biere und für die Schnäpse durchstreicht und den fälligen Betrag daneben schreibt, dann sehen sie das Mädchen an, sehen ihr Gesicht, ihre Augen, ihren Mund, ihre Brüste, ihre Beine, ihren Hintern, ziehen sie in Gedanken aus, wollen ihr einen unanständigen Witz erzählen oder geben ihr einen Klaps auf den Hintern, aber das Mädchen verbittet sich das, kassiert, sagt: Nun ist aber Schluß für heute, und wenn dann der letzte Zecher gegangen ist, wirft sie die Bierdeckel in den Abfalleimer, leert die Aschenbecher, putzt die Theke, schließt die Wirtshaustür ab und ist froh, daß auch dieser Sonntagmorgen vorbei ist. Bald wird sie einen festen Freund haben, bald einen Mann, bald Kinder, aber die Wirtschaft des Vaters wird sie nie übernehmen, das weiß sie genau, und am liebsten würde sie einen Beamten heiraten.

An solchen Sonntagen lädt einen der Lehrer oder Bauer Greiff zum Mittagessen oder zum Kaffeetrinken ein, und am See haben Einladungen ihren eigenartigen Wert. Wenn man sagt, um ein Uhr erwarten wir Sie, dann ist um genau ein Uhr die Suppe gerade so heiß, daß sie gegessen werden muß; der Gastgeber wartet nicht gern und die Gäste lassen nicht warten, man weiß es zu schätzen, daß man zu Besuch sein darf, nicht jeder genießt dieses Privileg, man ist ausgewählt und für würdig befunden worden.

Nach dem Essen sagte der Lehrer: Allzu oft sieht man Sie ja auch nicht in der Kirche, holte einen Weinbrand, schenkte ein, seine Frau war in der Küche und spülte. Ich rauchte.

Wissen Sie, sagte er, in ein paar Jahrzehnten geht sowieso keiner mehr in die Kirche, das sei doch alles überkommene Tradition, und er trank mir zu.

In den Großstädten, sagte er, sei es doch schon heute so. Da weiß der eine nicht, was der andere tut, man lebt anonym, hat keine Rücksichten zu nehmen und läßt den lieben Gott einen guten Mann sein. Am See dagegen paßt man auf; man registriert, wer in die Kirche geht und wer nicht, man dreht sich um, wenn einer zu spät kommt oder vorher weggeht, und schon die Kinder, sagte der Lehrer, wissen ganz genau, wen sie beim Pfarrer anpetzen und wen nicht.

Nein, sagte er, er wolle gar nicht wissen, wieviel Leute nur

deshalb in die Kirche gingen, weil sie Konformisten seien und nicht gegen den Strom schwimmen wollten.
Er kippte seinen Weinbrand hinunter, goß sich ein und sagte: Nun trinken Sie doch mal aus. Ich stocherte in meiner Pfeife herum, zündete sie noch einmal an und sagte, gerade er und ich seien ziemlich große Konformisten, und gegen den Strom schwämmen wir schon gar nicht.
Er sah mich an. Ich war überrascht, daß er mir spontan zustimmte. Aber bei ihm sei das eben etwas anderes als bei mir, meinte er; er sei gleichsam integriert in die Dorfgemeinschaft, er könne sich manche Dinge einfach nicht erlauben, aber ich sei ein freier Mann, ich könne tun und lassen, was ich wolle, und warum, fragte er, sind Sie eigentlich an den See gekommen?
Ich hätte es gern selber gewußt. Am See konnte ich genau das sein, was ich bin, und ich sagte: Mir gefällt es hier. Ich weiß auch nicht, warum ich an den See gezogen bin.
Die Frau des Lehrers brachte den Kaffee. Den Satz »Mein Bauch gehört mir« hätte der Pfarrer sich verkneifen können, meinte sie, zumindest von der Kanzel.
Ich weiß, daß du den Pfarrer nicht leiden kannst, sagte der Lehrer, aber das gehört jetzt nicht hier hin.
Warum das denn nicht hier hin gehöre, wollte sie wissen, und sie lasse sich doch nicht den Mund verbieten.
Niemand wolle ihr den Mund verbieten, erwiderte der Lehrer, und nun solle sie nicht da herumstehen, sondern Kaffee einschenken.
Sie schenke den Kaffee schon noch ein, aber solange die Weinbrandflasche auf dem Tisch stehe, wisse sie ja nicht, ob die Herren nun Weinbrand oder Kaffee trinken wollten.
Beides, sagte der Lehrer, und nun schenk endlich ein, sagte er.

Ja doch, sagte sie, schüttelte den Kopf, sah mich an, und man müsse ihren Mann nicht so wörtlich nehmen, entschuldigte sie sich, das sei nun einmal seine Art.
Natürlich sei das seine Art, sagte der Lehrer, und sie brauche sich dafür bei mir doch nicht zu entschuldigen.
Wir trinken noch einen, sagte er zu mir, schenkte die Weinbrandgläser wieder voll, fragte, wo der Zucker sei, und als seine Frau den Käsekuchen brachte, wechselte er das Thema und sagte: Das Telefon in Ihrer Hütte ist doch wirklich eine reine Luxussache, das kostet Sie ein paar hundert Mark im Jahr, und an meiner Stelle würde er das Telefon aufkündigen. Er trank. Ich wunderte mich, wieviel er vertragen konnte.
Was denn ihn mein Telefon anginge, fragte die Lehrersfrau, nahm einen Löffel voll Sahne und verrührte sie mit dem Kaffee.
Er überhörte ihren Einwand und redete nur noch mit mir. Eine Hütte am See und darin ein Telefon, nein, sagte er, das passe nicht zusammen, das sei geradezu stillos. Er wolle mir nicht zu nahe treten, aber das sei seine Meinung.
Ich brauche das Telefon, sagte ich. Wenn man mich nicht jederzeit erreichen kann, bekomme ich keine Aufträge mehr.
Ach was, sagte der Lehrer, nun untertreiben Sie doch nicht. Natürlich bekommen Sie Aufträge, Sie sind doch nicht irgendwer.
Man wird schneller Irgendwer als man denkt, dachte ich, und die Lehrersfrau wollte noch Kaffee einschenken und ein zweites Stück Käsekuchen auflegen, doch der Lehrer meinte, jetzt tränken wir erst noch einen, zum Abschluß, den allerletzten, und ich dachte, warum die Leute vom See mir einfach nicht glauben wollen, daß meine Hütte mein Arbeitsplatz ist und kein Sommersitz für einen vermögen-

den Sonderling, und als ich mich verabschiedete, meinten beide, das sei aber ein kurzer Besuch gewesen, beim nächsten Mal solle ich mir mehr Zeit nehmen, aber beim nächsten Mal ist es dann genauso, man geht vielleicht nicht zum Lehrer, sondern zum Bauer Greiff, und weil es ein Sonntag ist, gibt es natürlich Kuchen, und beim Bauer Greiff sind Verwandte und die Kinder, das Haus ist voll, man findet keinen Platz, der Fernsehapparat läuft, Bauer Greiff sagt zu einer Verwandten, ich sei der Herr, der unten in der Hütte wohne, und die Frau nickt mir zu, ja, nun weiß sie es also, und dann trägt man einen Kuchen nach dem anderen herein, der Tisch ist viel zu klein, alle reden und keiner kommt zu Wort, man ißt, trinkt, redet, raucht, lacht, aber es wird später, Bauer Greiff muß in den Stall und die Kinder haben die Schulaufgaben noch nicht gemacht, und plötzlich sind alle gegangen, die Stube ist ungewöhnlich stumm, auf dem Tisch stehen die halbleeren Kuchenteller umher, die Kaffeetassen, der Aschenbecher, ein paar Schnapsgläser, und Bauer Greiffs Sohn sagt, nun begleite er mich noch bis zur Hütte, das sei doch klar.
Ich muß noch arbeiten, sagte ich.
Er meinte, es sei doch Sonntag, und ich versuchte, ihm zu erklären, daß ich nicht nach Dienststunden arbeitete, sondern immer dann, wenn ich annahm, gute Einfälle zu haben. Manchmal werde ich mitten in der Nacht wach, sagte ich, stehe auf, setze mich an den Schreibtisch, und ich schaffe dann oft mehr als in einer ganzen Woche.
Er wußte nicht recht, ob er mir das glauben sollte, sah mich mißtrauisch an und sagte: Da hast du aber einen feinen Beruf.
Ja, sagte ich, das meinen viele.
Als wir zur Hütte kamen, fragte er mich, ob er mir nicht doch eine neue Katze besorgen solle, aber ich wollte nichts

versprechen, was ich nicht einhalten würde, und ich sagte: Vielleicht im Frühjahr.
Am liebsten wäre er jetzt mit mir in die Hütte gegangen, das merkte ich genau; er sagte zwar kein Wort, aber er sah mich halb traurig, halb bittend an, blieb vor der Hütte stehen, spielte mit seinen Fingern und drückte dabei die Daumen so weit zurück, daß es ihm weh tun mußte, sah mich noch einmal an, setzte einen Fuß auf den anderen, sah zu Boden und stellte dann resigniert fest: Ja, wenn du also arbeiten mußt.
Ich schloß die Hüttentür auf, machte Licht, wirklich, sagte ich, ich habe noch zu tun.
Er stand vor der Tür und war sich nicht klar, was er jetzt tun sollte. Einen Augenblick lang tat er mir leid. Er nutzte das sofort aus und sagte: Ich bleibe nur ganz kurz, straffte sich, kam herein, sah mich verschmitzt an, wurde verlegen, kratzte sich an der Stirn, und da ich nichts anderes im Eisschrank hatte, schenkte ich ihm ein halbes Glas Wein ein. Ich prostete ihm zu, aber das genügte ihm nicht, er legte Wert darauf, mit mir anzustoßen, trank viel zu hastig, der Wein stieß ihm auf, er merkte, daß sein Rülpser ein Fauxpas war, aber nun war daran nichts mehr zu ändern, und um die Angelegenheit schnell aus der Welt zu schaffen, lachte er mich strahlend an. Ich schwieg. Er spürte genau, daß er dieses Schweigen so schnell wie möglich unterbrechen mußte, denn wenn es zu lange andauerte, würde ich sagen: So, nun mußt du aber gehen, doch er kam mir zuvor und fragte: Und du arbeitest wirklich nur, wenn du gerade Lust hast?
Ja.
Aber warum arbeitest du denn überhaupt?
Ich muß Geld verdienen, sagte ich.
Das sah er ein. Er trank. Ich beobachtete ihn und schwieg.

Er versuchte krampfhaft, irgendetwas zu finden, was er jetzt sagen könnte, ja, sagte er, und wußte dann nicht mehr weiter. Nach ein paar Minuten gab er auf. Er erhob sich, gab mir die Hand, und nun gehe er also, sagte er.
Ich ließ ihn hinaus. Er drehte sich noch einmal kurz um und fragte, ob ich morgen mehr Zeit für ihn hätte, und ehe ich antworten konnte, sagte er, daß er nach der Schule mal vorbei komme.
Es war kurz nach Mitternacht, als ich zu Bett ging. Ich träumte, ich hätte Zahnschmerzen und ginge zum Zahnarzt. Der Zahnarzt fragte: Wo tut's denn weh? Ich wußte es nicht. Irgend jemand hatte mir das Gebiß meiner toten Mutter über meine eigenen Zähne gestülpt, und ich sagte dem Zahnarzt: Ich habe über meinen eigenen Zähnen das Gebiß meiner toten Mutter.
Der Zahnarzt glaubte mir nicht. Er fing an zu bohren, aber er bohrte auf dem Gebiß meiner toten Mutter herum, und ich freute mich, daß er mir nicht weh tat. Als ich erwachte, wußte ich nicht, ob meine Mutter mit oder ohne Gebiß im Sarg liegt.

7

Ich wollte gerade zum Friseur gehen, als der Postbote kam. Es war an einem Samstag, und ich weiß sogar noch die genaue Uhrzeit: da ich um Viertel nach Neun beim Friseur angemeldet war, muß der Postbote zwischen fünf und zehn nach Neun gekommen sein.
Der Brief war von meiner Kölner Firma. In einem fotokopierten Rundschreiben »An alle Arbeiter, Angestellten und Mitarbeiter« teilte die Geschäftsleitung mit, sie habe sich im Einvernehmen mit dem Betriebsrat entschlossen, die Fusion mit einer anderen, ebenfalls weltweit bekannten Firma einzugehen, um dem immer stärker werdenden Konkurrenzdruck noch wirkungsvoller entgegentreten zu können. Die Fusion komme allen zugute, besonders den Betriebsangehörigen, zur Beunruhigung bestehe kein Anlaß, Geschäftsleitung und Betriebsrat beriefen eine Versammlung ein und forderten zu reger Beteiligung auf.
Ich überlegte, ob ich bei meiner Firma anrufen sollte, aber es war Samstag, und ich hätte niemanden erreicht. Ich hatte das merkwürdige Gefühl, daß dieses Rundschreiben bedeutsamer war als ich im Augenblick ahnte, aber ich verdrängte diesen Gedanken, ging wie vereinbart zum Friseur, erfuhr, daß die Tochter des Gemischtwarenhändlers eine Frühgeburt hatte und gestern ins Krankenhaus gekommen war, und ein Bauer vom anderen Seeufer wollte seinen Hof verkaufen; bis jetzt seien ihm 550 000 Mark geboten worden, aber 700 000 Mark habe er verlangt. Sonst gab es nichts Neues.

Wenn die Geschäftsleitung sich zu einer Fusion entschlossen hatte, so konnte das mehrere Gründe haben. Es konnte sein, daß die Firma sich vergrößern wollte, und vielleicht hatte sie die günstige Gelegenheit, einen kleineren Betrieb aufzukaufen. Aber würde sie dann von einer »Fusion« reden? Der Stärkere fusioniert nicht: er kauft auf, erweitert, vergrößert, steigert die Produktivität, die kleine Firma ist bankrott, die größere hat sie aufgesaugt. Vielleicht also hatte meine Kölner Firma einen gleichwertigen Partner gefunden, und beide versprachen sich von der Fusion eine Stärkung des Marktwertes und der Finanzkraft? Aber wer geht schon auf die Suche nach einem Geschäftspartner, wenn er es auch allein schafft? Man besitzt doch lieber eine Mark nur für sich als zwei Mark, die man mit einem anderen teilen muß, obschon das rein rechnerisch keinen Unterschied macht. Seltsam, dachte ich, wie wenig man über die Verhältnisse seiner eigenen Firma weiß; da arbeitet man zwanzig, dreißig, fünfzig Jahre für dasselbe Unternehmen, tut seine Arbeit und wird dafür bezahlt, aber man weiß nicht einmal, wieviel der Kollege zwei Büros weiter verdient, ob die Geschäftsleitung richtig oder falsch kalkuliert hat, warum das Kantinenessen so preiswert oder zu teuer ist, wieviel private Telefongespräche auf Kosten der Firma geführt werden und ob die sogenannten Verantwortlichen nicht ein oder mehrere Jahre zu spät damit begonnen haben, sich stärker auf den Bau von Kläranlagen zu konzentrieren. Die Hintergründe erfährt man zu spät oder nie. Erst wenn alles entschieden ist, verschickt die Geschäftsleitung ein Rundschreiben, und damit es so aussieht, als sei alles korrekt, demokratisch, sogar sozial verlaufen, informiert sie noch den Betriebsrat und »erzielt Einvernehmen«. Es wurde mir immer klarer, daß ich nach Köln fahren mußte.

Am Nachmittag kam der Josef. Ich hatte ihn gebeten, einmal nach dem Wasserhahn zu sehen, aber nicht mehr daran gedacht, daß er heute kommen wollte. Wenn er störe, sagte er, könnten wir die Sache ja verschieben, aber nein, sagte ich, ich sei nur in Gedanken gewesen, und der Wasserhahn tropfe nach wie vor und ließe sich nicht mehr zudrehen.
Das werden wir gleich haben, meinte er, zog die Jacke aus, öffnete seinen Werkzeugkasten und ging zum Waschbecken. Er stellte das Wasser ab, schraubte den Hahn heraus und sagte: Das Gewinde ist total verrostet. Hier, sehen Sie sich das einmal an.
Ich sah, daß alles verrostet war. Vielleicht muß man einen neuen Hahn kaufen?
Nein, sagte er, das kriegen wir auch so hin.
Ich sah ihm zu. Meine frühere Sekretärin war vor einem halben Jahr Sachbearbeiterin bei der Direktion geworden; sie hätte mir über die beabsichtigte Fusion nähere Einzelheiten berichten können, und ich überlegte, ob ich mich bei der Auskunft nach ihrem privaten Telefonanschluß erkundigen sollte.
Wenn Sie einen trockenen Aufnehmer hätten, fragte der Josef, kratzte den Rost vom Wasserhahn und feilte die Rillen nach.
Moment, sagte ich, ging in die Abstellkammer, suchte nach einem Aufnehmer, und als ich ihn unter zwei zusammengeklappten Gartenstühlen herausholte, stellte ich fest, daß er nach Katze roch.
Also, sagte der Josef, wenn ich einen Augenblick Zeit habe, so wolle er mir einmal erzählen, daß es doch tatsächlich Menschen gebe, die nicht wüßten, was Schmerzen seien, und ob ich davon schon einmal gehört habe.
Nein.

Doch. Denen könne man zum Beispiel ohne Betäubung einen Zahn ziehen, das täte ihnen überhaupt nicht weh, sie spürten es gar nicht.
So.
Diese Krankheit ist bisher 104mal registriert worden.
Wo registriert?
Auf der ganzen Welt, sagte er, nahm ein paar Gummiringe aus seinem Werkzeugkasten und probierte, ob sie sich über das Rohr des Wasserhahns schieben ließen.
Ich sagte: Woher wissen Sie das denn?
Woher? Er habe doch als Krankenpfleger gearbeitet, fast drei Jahre lang, in einer Budapester Klinik, und ob ich schon einmal in Budapest gewesen sei.
Nein.
Und in dieser Klinik habe er ein fünfjähriges Mädchen gepflegt, das jene seltsame Krankheit gehabt habe. Die Krankheit nennt man übrigens Analgesia congenita, sagte er, schmirgelte das Rohr des Wasserhahns blank und meinte, nun habe er es bald geschafft.
Ehe ich es vergesse, sagte ich, ich muß übermorgen nach Köln fahren. Vielleicht können Sie mich zum Bahnhof bringen?
Das lasse sich machen.
Er besah sich den Wasserhahn, prüfte die Gummidichtung, nickte und schwieg. Vielleicht war er gekränkt, daß ich ihn beim Erzählen seiner Geschichte unterbrochen hatte, und ich fragte: Wie heißt die Krankheit?
Analgesia congenita, sagte er, und den Namen habe er deshalb so gut behalten, weil er ihn immer wieder ins Krankenbuch schreiben mußte.
Weswegen war das Mädchen denn eingeliefert worden?
Zunächst mußte man ihm den Blinddarm herausnehmen, aber die Ärzte machten das ohne Narkose. Es blieb wäh-

rend der ganzen Operation bei Bewußtsein, hatte nicht die geringste Angst und sah den Ärzten neugierig zu.
Eigentlich keine unangenehme Krankheit, sagte ich.
Ja, sagte der Josef, das hätte er auch mal geglaubt. Aber wenn man etwas länger darüber nachdenke, so würde einem schnell klar, daß dieses Mädchen dauernd in Lebensgefahr war. Es hielt die Hände übers offene Feuer, bis sie anfingen, schwarz zu werden, es sprang aus dem Fenster, brach sich den Oberschenkel, und in der Klinik hat es sogar versucht, sich ein Ohr abzuschneiden. Man durfte es nicht aus den Augen lassen, sagte der Josef, schraubte den Wasserhahn fest, ließ das Wasser laufen und stellte es dann wieder ab, sagte: Das hätten wir, packte den Werkzeugkasten zusammen und zog sich die Jacke an. Ich wollte ihm noch etwas zu trinken anbieten, aber er lehnte ab. Er käme dann übermorgen abend, um mich zum Bahnhof zu bringen, kurz vor Acht, sagte er, und das Mädchen sei weder organisch noch geistig krank gewesen, dem hätten lediglich die Nervenenden gefehlt, aber dagegen ließe sich wohl nichts machen.
Als er gegangen war, las ich das Rundschreiben meiner Kölner Firma noch einmal durch. »Zur Beunruhigung bestehe kein Anlaß« hieß es, aber solche Sätze schreibt man ja meistens nur dann, wenn es keinen Zweck mehr hat, sich überhaupt noch aufzuregen. Ich ging hinunter zum See und dachte an Köln.

8

Die Tage in Köln waren anstrengend. Ich war noch keine Stunde im Hotel, als mich ein Mitarbeiter der Firma anrief. Wir hatten früher zusammen im Konstruktionsbüro gearbeitet, und er fragte, ob wir uns sehen könnten.
Ja, sagte ich, wann denn?
Am liebsten gleich.
Ich sei gerade erst angekommen, erwiderte ich, eigentlich wollte ich meine Tochter besuchen, und die Betriebsversammlung sei doch erst morgen nachmittag.
Gerade deswegen müßten wir uns unbedingt vorher sprechen. Es sei überaus wichtig, auch für mich hänge viel davon ab.
Ich überlegte. Von meinem Hotelzimmer konnte ich hinunter auf die Hohe Straße sehen. Nebenan ließ jemand die Badewanne vollaufen. Ich sagte: Also gut. Wo treffen wir uns?
Er hole mich gern im Hotel ab, sagte er, und ob es mir um Zwei recht sei; wir könnten ja dann zusammen essen gehen.
Ich sagte zu, packte meinen Koffer aus, rasierte mich, und als er kurz vor Zwei kam, schlug er vor, in die »Goldene Glocke« zu gehen. Ich kannte das Lokal von früher; ein schmaler Schlauch, und an der Längswand hängen ungezählte Fotos von Schauspielern, Sängern, Stars und Sternchen.
Er bestellte einen doppelten Korn, ich ein Kölsch.
Er kippte den Korn in einem Zug hinunter, hob das Glas hoch und zeigte es dem Kellner. Inwieweit ich denn infor-

miert sei, fragte er, aber bis auf das Rundschreiben der Geschäftsleitung wußte ich so gut wie nichts. Ich trank, und gleich beim ersten Schluck hatte ich das Gefühl: Nun bist du wieder da, wieder in Köln, wieder in dieser überflüssigen Stadt, und irgendein plötzlicher Gedanke in meinem Gehirn fragte sich, ob der See und der Josef, die Hütte und Bauer Greiffs Sohn überhaupt existieren.
Die Firma steht kurz vor der Pleite, sagte er. Er sagte das so nebenher, als teile er mir mit, er habe seine Brille vergessen oder sich um ein paar Minuten verspätet.
Ich sah ihn an. Ich konnte das einfach nicht glauben, aber damit hatte er offensichtlich gerechnet, und er sagte: Du kannst das glauben oder nicht, es ist so.
Das gibts doch gar nicht, sagte ich. Wir haben Baustellen in ganz Europa, das Innenministerium unterstützt uns, und selbst ich, sagte ich, bin noch vor ein paar Monaten aufgefordert worden, mich im Bodenseeraum nach neuen Projekten umzusehen.
Du wirst dich noch wundern, meinte er und kippte auch den zweiten Korn mit einem Schluck hinunter. Es sah aus, als wollte er verhindern, daß der Korn seine Zunge berührte.
Seine vagen Andeutungen machten mich nervös. Ich wollte jetzt Fakten wissen. Ich sagte: Wieso ist die Firma pleite?
Wieso? Er lachte. Wer fragt schon nach dem Wieso? Plötzlich sei man eben pleite. Man komme wie jeden Morgen ins Büro, ziehe sich den Kittel an, gehe ans Reißbrett und dann sage einem ein Kollege oder eine Sekretärin, wer auch immer: Die Firma ist pleite.
Aber dann fragt man doch zunächst, warum das so gekommen ist, weshalb man nichts davon bemerkt hat und wer dafür verantwortlich ist. Das nimmt man doch nicht einfach hin.

Ja, das fragt man sich, sagte er. Und man bekommt auch eine Menge Antworten, und die Antworten heißen: falsch kalkuliert, falsch spekuliert, falsch investiert, was wisse er. Tatsache sei, daß der Bruttogewinn der Firma schon nicht mehr ausreiche, auch nur die Personalkosten zu decken.
Seit wann er das denn wisse.
Die Geschäftsleitung wisse das mindestens seit einem halben Jahr, sagte er, aber erst vor vierzehn Tagen seien nähere Einzelheiten auch nach unten durchgesickert.
Ich wollte ihm noch immer nicht glauben. Eine Firma macht nicht von heute auf morgen bankrott, das ist doch ein Prozeß, der dahinschleicht und sich nicht monatelang geheimhalten läßt, und wenn es wirklich so weit ist, dann muß man doch die Schuldigen fassen können. Da kann man doch nicht ebenso pauschal wie unverbindlich sagen: Na ja, man habe eben falsch spekuliert, kalkuliert, investiert. Wer ist »man«? Das muß sich doch feststellen lassen.
Er lachte vor sich hin, hob mit beiden Zeigefingern das Schnapsglas hoch, drehte es einmal um sich selbst, wartete mit einer Antwort und sagte dann, ohne aufzusehen: Reichlich naiv, oder?
In dem Rundschreiben, sagte ich verärgert, ist lediglich von einer Fusion die Rede. Also könne noch nicht alles verloren sein.
Das Wort »Fusion« ist eine faule Ausrede, sagte er, die Firma werde verkauft und wir mit ihr.
Man kann die Leute doch nicht einfach auf die Straße setzen.
Ein paar seien schon weg. Die hätten von sich aus gekündigt.
Der Kellner kam, sagte, die Küche mache gleich zu und ob wir noch bestellen wollten. Bis auf einen Mann, der gleich neben der Tür an einem Automaten spielte, war das Lokal

jetzt leer. Wir bestellten zwei Steaks, er seinen dritten doppelten Korn, ich ein neues Kölsch.
Was ist das denn für eine Firma, die uns da einkaufen will, fragte ich.
Eine amerikanische Kapitalgesellschaft. Ihr Sitz für Europa sei Köln, und wenn sie uns unter ihre Fittiche nehme, habe sie gleich alles vor der eigenen Tür: Maschinen, Material, Lagerräume, Büros, Menschen.
Und unsere Schulden, sagte ich.
Denen sei allein der Name unserer Firma ein paar Millionen wert.
Ich schwieg. Ich dachte, daß ich noch heute meine ehemalige Sekretärin anrufen wollte, um einmal deren Version zu hören.
Es kommt jetzt alles darauf an, wie die Weichen gestellt werden, sagte er.
Für mich gab es nicht mehr viel zu stellen. Ich hatte freiwillig auf meine feste Anstellung verzichtet, um am See leben zu können, und ich wußte nicht einmal, ob mir noch irgendwelche Rechte zustanden. Seine Pflichten kennt man immer, dachte ich, und ich sagte: Sollen denn Leute entlassen werden?
Das sei unvermeidlich, und die bisher versteckt geführten Machtkämpfe würden spätestens nach der morgigen Betriebsversammlung offen ausgetragen; dann werde jeder sehen müssen, wo er bleibe. Auch du, sagte er.
Der Kellner brachte die Steaks. Ich dachte: Warum eigentlich hatte er mich sprechen wollen? Welche Motive bewegten ihn, mich gleichsam zwischen See und Köln abzufangen, um mir die ganze Misere der Firma zu erzählen? Weshalb wollte er offensichtlich der Erste sein, der mich vom neuesten Stand der sogenannten Fusion informierte? Welches Interesse konnte er an mir haben?

Besonderes Zutrauen oder gar Freunschaft konnten es nicht sein. Wir hatten zwar über zehn Jahre lang im selben Konstruktionsbüro gearbeitet, aber nie näheren Kontakt gehabt. Er war ein mittelmäßiger Ingenieur, hatte schon immer viel getrunken, und vor allem hatten sich unsere Frauen nicht verstanden. Es ist schwer, dafür Gründe anzugeben; wenn Frauen sich nicht mögen, werden Gründe überflüssig. Ob er noch mit seiner Frau zusammen war, wußte ich nicht.
Ich sagte: Wie soll es denn nun weiter gehen?
Anscheinend hatte er auf diese Frage gewartet. Er sah mich kurz an, legte die Ellenbogen auf den Tisch und preßte die Hände zusammen. Ja, sagte er, es komme jetzt alles darauf an, welche Taktik wir einschlügen. Wir müßten uns fragen: Was wollen wir erreichen? Was ist machbar? Wie kommen wir auf jeden Fall zu unserem Ziel? Wenn jeder nur an sich denkt, sagte er, kämpft er im Grunde stets gegen den anderen, und die Arbeiter seien darin viel konsequenter; wenn sie streiken, dann streiken eben alle, und wer dabei nicht mitmache, schließe sich von selber aus.
Der Kellner brachte ihm noch einen doppelten Korn, ich bestellte mir eine Tasse Kaffee.
Im Konstruktionsbüro arbeiten jetzt elf oder zwölf Leute, sagte ich.
Vierzehn.
Ja. Und wenn drei, vier oder fünf davon entlassen werden sollen, nützt doch das gemeinsame Auftreten wenig. Entweder kann die Firma sie noch verkraften, oder sie müssen gekündigt werden; von mir ganz zu schweigen.
Du mußt auf jeden Fall nach Köln zurück, sagte er, das ist dir doch wohl klar.
Das war es mir nicht. Ich war nicht an den See gezogen, um

bei der ersten Panne, Fusion, Pleite, was auch immer, die
Koffer zu packen und mir in Köln ein Zimmer zu suchen.
Die Sache sei doch so:
Das Konstruktionsbüro der Amerikaner bestehe aus fünf
Leuten. Dagegen komme man nicht an. Der jetzige Chef
dieses Büros werde auch der kommende Chef sein, damit
müsse man sich abfinden, und wenn im Zuge der bevorstehenden Rationalisierung Kündigungen ausgesprochen
würden, so beträfe das in jedem Fall Mitarbeiter unserer
Kölner Firma. Was also ist zu tun? Sein Vorschlag sei, man
nominiere ihn zum stellvertretenden Leiter des Konstruktionsbüros, und es wäre ja wohl selbstverständlich, daß er
sich dann für die Interessen und die erworbenen Rechte seiner Mitarbeiter stark machen würde.
Ich merkte, daß er mich ansah; ich rührte in meinem Kaffee. Erst jetzt begriff ich, daß er bei dem Bankrott der Firma sogar noch Karriere machen wollte, und ich sagte: Das
leuchtet mir ein. Mit wem hast du denn sonst noch gesprochen?
Von den Vierzehn, sagte er, habe er Acht hinter sich; bei
mir sei zwar weniger meine augenblickliche Position interessant, aber immerhin hätte ich der Firma zu einigen konstruktiven Verbesserungen verholfen, und gerade das würde seiner Ansicht nach die Amerikaner beeindrucken.
Ich stimme sofort für dich, sagte ich, wenn du dafür sorgst,
daß ich nach wie vor Aufträge bekomme.
Aufträge?
Ja, am See.
Du mußt nach Köln zurück, sagte er. Wenn du jetzt nicht
aufpaßt, wirst du verschaukelt, und an deinem See gehst
du so oder so vor die Hunde.
Der Kellner kam, sagte, er werde abgelöst und ob er kassieren dürfe; wir zahlten.

Er begleitete mich noch bis zum Hotel. Wie verhält sich denn der Betriebsrat, fragte ich.
Das würde ich ja morgen auf der Betriebsversammlung selber merken. Die seien windelweich, sagte er, und überleg dir's noch mal, Acht hätte er immerhin schon hinter sich. Ich gab ihm die Hand und sagte, er könne mit mir rechnen.
Im Hotel lag eine Nachricht für mich: Meine Tocher hatte angerufen, sie sei heute abend nicht zu Hause. Ich ging auf mein Zimmer, zog die Schuhe aus, legte meine Jacke über den Stuhl, nahm die Krawatte ab, sah in den Spiegel, legte mich hin und schlief ein. Als ich wach wurde, war es gerade Sechs. Am See ist jetzt Stallzeit, dachte ich.
An diesem ersten Abend in Köln versuchte ich noch, meine frühere Sekretärin zu erreichen, aber ihr Vater kam ans Telefon und sagte, seine Tochter sei in der Volkshochschule. Dann wählte ich die Nummer meiner Hütte, stellte mir vor, daß es gerade in dieser Sekunde dort unten klingelte, und ich hatte an dem kindischen Einfall meine geheime Freude. Später ging ich ins Kino. Ich weiß nicht mehr, wie der Film hieß; die Hauptrolle spielte ein Mädchen, das meistens nackt war und den Tick hatte, alte Männer zu verführen.
Obwohl ich genau wußte, daß nun alles auf dem Spiel stand, die Rückkehr nach Köln oder mein Seeleben: ich brachte es fertig, den Nachmittag zu verschlafen und abends einen Pornofilm zu sehen. Am nächsten Morgen ging ich in die Firma.
Vor dem Haupteingang traf ich den Pächter der Kantine, einen alten Nazi, der 1933 aus der Kirche ausgetreten und 1945 wieder katholisch geworden war und der jedem beteuerte, er sei nie ein Nazi gewesen, aber damals habe eben Ordnung geherrscht, das dürfe man ja wohl noch sagen, und er sei natürlich kein Antisemit, aber die Juden hätten

schon immer Unglück gebracht, das beweise die Geschichte, und was die Demokratie betreffe, so sei sie ja gar nicht so schlecht, aber für uns Deutsche eben die falsche Staatsform, wir bräuchten eine straffe Obrigkeit und durchgreifende Autoritäten, nein, die Deutschen wollen geführt werden, sagte er. Und haben nicht die Engländer das Konzentrationslager erfunden? Und ist dann der Weltkommunismus nicht nach wie vor die größte Gefahr?
Ich fragte ihn, wie es ihm gehe.
Ja, sagte er, man hat mich doch vor die Tür gesetzt. Wissen Sie das denn nicht?
Nein.
Ich bin nicht mehr Pächter, sagte er. Die Kantine wird jetzt in eigener Regie geführt. Denen werden die Augen auch noch aufgehen.
Und was machen Sie jetzt?
Er habe sich ein Feinkostgeschäft gekauft, auf der Severinstraße, und er sei froh, den Kantinenbetrieb nicht mehr am Hals zu haben.
Ich ging zum Pförtner, ließ mich mit meiner früheren Sekretärin verbinden und fragte, ob ich sie zum Mittagessen einladen dürfe.
Am liebsten sei es ihr, wenn ich jetzt gleich ins Büro komme. Der Direktor sei auf einer Konferenz bei der amerikanischen Firma, und ob sie um die Mittagszeit fort könne, wisse sie nicht. Also gut, sagte ich, nahm den Aufzug, und als ich ins Vorzimmer des Direktors kam, stand sie vor dem Spiegel ihres Büroschrankes und richtete sich die Haare. Ich sagte: Schön, daß wir uns mal wiedersehen. Und Sie haben sich überhaupt nicht verändert, sagte ich.
Sie mochte jetzt Mitte bis Ende Dreißig sein, und meine Erfahrung mit Sekretärinnen ist die, daß sie entweder rechtzeitig heiraten oder zu einer Art Bürodame heranrei-

fen; ab einem gewissen Alter sehen sie sich nur noch nach Männern um, die ihnen den Bungalow, den Garten, den Mercedes und den Renommierhund gleichsam mitliefern, und wenn sie einen solchen Mann nicht frühzeitig einfangen, wenn die Sehnsüchte frigide werden, dann macht die erzwungene Kälte Damen aus ihnen, sie werden plötzlich vornehm, und alles, was sie tun: telephonieren, maschineschreiben, terminemachen, das tun sie nicht um Lohn, Gehalt, Geld, dazu sind sie sich zu schade geworden, sie tun es aus Gnade für ihre Umwelt.
Ich sagte: Erfreulich ist das Ganze ja nicht.
Sie bot mir einen Stuhl neben ihrem Schreibtisch an, holte sich eine Zigarette aus der Schublade, ich gab ihr Feuer.
Nein, sagte sie, sicher nicht, aber es würde nie so heiß gegessen wie gekocht.
Gestern hätte ich gehört, daß Leute entlassen werden müssen. In dem Rundschreiben der Geschäftsleitung aber stehe, die Fusion würde für die Betriebsangehörigen von Vorteil sein. Und was, fragte ich, stimme denn nun?
Es stimme, daß die Firma in finanziellen Schwierigkeiten sei. Durch die Fusion aber werde man rationeller planen und wirksamer handeln können, und eine der wichtigsten Bedingungen der Firma sei gerade die gewesen, daß niemandem gekündigt werden dürfe. Der Inhaber der Firma, die Direktion und der Betriebsrat hätten ein Papier erarbeitet, aus dem Punkt für Punkt hervorgehe, daß soziale Härten vermieden werden müßten und niemand seinen Arbeitsplatz verlieren dürfe.
Wie konnte es denn überhaupt so weit kommen, fragte ich.
Falsches Management, sagte sie, zumindest sei das ihre Meinung. Der Inhaber der Firma habe es versäumt, sich rechtzeitig den Erfordernissen des Marktes anzupassen; er

habe wohl geglaubt, allein der Name der Firma bürge für Qualität und Sicherheit, aber seit den Zeiten seines Urgroßvaters habe sich eben manches geändert.
Und die Amerikaner? Sind die denn damit einverstanden, daß niemand entlassen wird?
Gerade darüber werde im Augenblick verhandelt.
Ich sagte: Den Direktor würde ich gern einmal sprechen, und ob sie das für mich arrangieren könne.
Das würde sie schon machen, sagte sie, schwieg und sah mich an. Dann sagte sie: Sie wollen ja wohl an Ihren See zurück?
Natürlich, sagte ich.
Irgendwann kommt man in ein Alter, in dem man nur noch da leben will, wo man auch sterben möchte. Ich möchte an einem See sterben, dachte ich, und ich sagte: Nun soll ich ja Aufträge hereinholen, aber bisher hatte ich keinen Erfolg. Hat denn der Direktor das schon mal moniert?
Er ist der Meinung, daß Sie ins Konstruktionsbüro gehören. Und ich, sagte sie, denke genauso.
Es ist immer dasselbe: Fast alle Menschen nehmen an, daß nur solche Leute arbeiten, die am vorgeschriebenen Arbeitsplatz ihre Dienstzeiten absolvieren. In Wahrheit aber kommt es nur darauf an, wie und warum gearbeitet wird und nicht, wo und wann. Bloße Anwesenheit ist keinen Pfennig wert, und honorieren sollte man weder die absolvierte Stunde noch den Akkord, sondern die Qualität.
Sie sagte: Wann wollen Sie den Direktor denn sprechen?
Na ja, sagte ich, morgen? Sobald wie möglich.
Sie notierte sich etwas in ihrem Terminkalender, schwieg und sah mich an.
Wie geht's denn Ihrer Frau, fragte sie.
Ich wußte es nicht. Seit Sommer vergangenen Jahres hatte ich nichts mehr von ihr gehört. Ich sagte: Ich nehme an, gut.

Ist Ihre Tochter noch in Köln?
Ja, ich würde sie vielleicht morgen besuchen.
Das Telefon klingelte. Sie nahm den Hörer ab und unterhielt sich mit dem Anrufer auf englisch. Während des Gesprächs hielt sie plötzlich die Sprechmuschel zu, sah mich kurz an, sagte: Entschuldigen Sie bitte, und redete dann weiter. Sie schlug die Beine übereinander, ihre Oberschenkel waren weiß und fleischig. Als sie noch meine Sekretärin war, hatte sie einen Verlobten, der in Cooks Reisebüro arbeitete; vielleicht war sie immer noch verlobt, ich wußte es nicht und wollte auch nicht danach fragen.
Als ich mich verabschiedete, sagte sie: Wenn Sie wirklich am See bleiben wollen, dann bringen Sie das dem Direktor auf jeden Fall schonend bei. Er rechnet natürlich fest damit, daß Sie nach Köln zurückkommen, gerade jetzt. Und die eigene Existenz sollte doch wohl niemand aufs Spiel setzen.
Ich brauche im Monat neunhundert Mark netto, sagte ich.
In Köln hatten Sie knapp Viertausend.
Ich weiß, sagte ich.
Ich gab ihr die Hand. Ja, dann vielleicht bis morgen.
Nein, wir sähen uns doch heute abend auf der Betriebsversammlung, sie müsse nämlich das Protokoll führen.
Auf dem Weg zum Fahrstuhl begegnete mir einer unserer beiden Boten, aber er erkannte mich nicht mehr.
Die Betriebsversammlung begann um 19.00 Uhr. Die Lagerhalle war überfüllt, die Leute standen umher, saßen auf Stühlen, Bänken, Brettern, Kisten, redeten, rauchten, stritten sich, und als der Inhaber der Firma kam und an den Vorstandstisch ging, fingen ein paar Arbeiter zu zischen oder zu pfeifen an, andere buhten ihn aus. Einige riefen: Ruhe! oder: Nun laßt das doch!, und erst als sich der Direktor, der Betriebsratsvorsitzende und ein etwa dreißig-

jähriger Mann, der offensichtlich zur amerikanischen Kapitalgesellschaft gehörte, an den Vorstandstisch setzten, wurde es etwas ruhiger in der Halle. Ich stand neben einem älteren Vorarbeiter aus Rodenkirchen, mit dem ich früher jeden Samstag Skat gespielt hatte. Ich schätzte, daß etwa dreihundert Leute gekommen waren.
Und dann wurde geredet. Der Firmeninhaber erklärte, daß die Fusion wohlüberlegt und im Interesse aller sei; der junge Amerikaner meinte, jetzt wäre die einmalige Chance gegeben, der Konkurrenz mit aller Kraft entgegenzutreten und sie sogar, zumindest teilweise, auszuschalten; der Direktor sagte, jeder müsse einen klaren Kopf und vor allem Ruhe bewahren, und der Betriebsratsvorsitzende versicherte, daß auch in Zukunft jeder Arbeiter und jeder Angestellte tarifgemäß bezahlt würden.
Einer sagte: Er sei Pförtner und habe sich bis jetzt mit zwei anderen Kollegen in der Früh-, Spät- und Nachtschicht abgelöst. Die Amerikaner aber hätten ebenfalls Pförtner, zwei, glaube er, und somit seien sie dann zu Fünfen, und wie das nun gelöst würde?
Am Vorstandstisch war man sich nicht ganz einig, wer darauf antworten sollte, aber der Betriebsratsvorsitzende setzte sich durch und sagte: Natürlich sind fünf Pförtner zu viel. Aber das wird man selbstverständlich prüfen, ehe zwei an einen anderen Arbeitsplatz gestellt werden.
Die Leute wurden wieder unruhig. Sie ließen sich nicht hin- und herschieben, sagten sie, sie seien Menschen und keine Schachfiguren, sie wollten ihren Arbeitsplatz behalten und nicht mal da, mal dort eingesetzt werden, denn sie, nur sie seien es gewesen, die das Wirtschaftswunder erarbeitet hätten, und ein älterer Mann hinter mir rief: Auch die Villa des Direktors haben wir bezahlt! Merkt euch das!

Einer sagte: Mir ist es ganz egal, wo ich arbeite. Hauptsache, die Kohlen stimmen. Und ich frage Sie jetzt: Sollen Löhne gekürzt werden?
Der Firmeninhaber sagte: Nein. Daran sei nicht gedacht.
Doch der junge Amerikaner korrigierte ihn und meinte, so generell könne man das nicht sagen. Geplant sei, daß niemand entlassen würde, aber es ließe sich nicht vermeiden, innerhalb der Strukturumwandlung personelle Verschiebungen vorzunehmen.
Einer rief: Wir werden hier alle verschoben!
Der Vorarbeiter aus Rodenkirchen, der neben mir stand, sah mich an und meinte: Das geht aus sie das Hornberger Schießen, warten Sie ab.
Jetzt meldete sich der Betriebsratsvorsitzende wieder zu Wort: Kollegen, nun seid doch mal ruhig. Ihr alle wißt, daß die Firma in Schwierigkeiten geraten ist.
Ist das unsere Schuld? Wer hat uns denn dahingebracht? Nennt doch mal Namen!
Das sei eine andere Frage. Jetzt seien wir hier zusammengekommen, um darüber zu beschließen, was in Zukunft geschehen solle. Und ich kann Euch versichern, sagte der Betriebsratsvorsitzende, daß wir alles tun werden, um soziale Ungerechtigkeiten auszuschließen.
Manche klatschten.
Der Pförtner meldete sich wieder und sagte: Wenn nun er auf einen anderen Platz gestellt würde: wo, zum Beispiel, könnte das denn sein?
Der Direktor antwortete, es sei unmöglich, auf dieser Versammlung nun jeden einzelnen Fall zu behandeln, und der Firmeninhaber fügte hinzu, im Augenblick gehe es um die große Linie.
Ich dachte: mit den großen Linien kann kein Mensch etwas anfangen. Jeder will wissen, was mit ihm selber geschieht,

und wenn alle zufrieden sind, dann stimmen die großen Linien sowieso.
Vom Konstruktionsbüro waren, glaube ich, alle da, zumindest die, die ich noch von früher her kannte. Ein paar grüßten mich.
Der junge Amerikaner schlug vor, man solle sobald wie möglich Arbeitsgruppen bilden und die Mitarbeiter zunächst einmal selber entscheiden lassen, wie sie sich ihre zukünftige Tätigkeit vorstellten. Es gebe einen ausgearbeiteten Plan, und aus dem gehe hervor, daß die Gesamtzahl der Mitarbeiter nicht reduziert werden müsse; unvermeidlich dagegen sei, bestimmte Arbeitsplätze frei zu machen und andere neu zu schaffen.
Aber wo sollen wir denn hin? Man kann doch nicht aus einem Facharbeiter einen Boten machen! Wollen Sie, daß der Kranführer in Zukunft einen Lastwagen fährt? Wollen Sie, daß ein Laborant demnächst im Außendienst arbeitet? Was eigentlich wollen Sie wirklich? Bisher haben Sie nur drumherum geredet!
Wir wollen rationalisieren, sagte der Amerikaner, und wenn Sie das nicht einsehen, werden Sie die Konsequenzen selber tragen.
Was meinen Sie damit? Ist das eine Drohung?
Das können Sie auffassen, wie Sie wollen.
Jetzt kam es zum Tumult.
Alle riefen durcheinander, manche schrien zum Vorstandstisch hinauf, ein paar kleine Gruppen versuchten, sich in Sprechchören durchzusetzen, in der ganzen Halle tobte ein Stimmengewirr, und ich dachte, jeden Augenblick würde es zu Handgreiflichkeiten kommen. Der Betriebsratsvorsitzende forderte immer wieder zu Ruhe auf, aber die Leute hörten gar nicht hin, sie riefen »Kapitalistenschweine!« oder »Verbrecher!« oder »Halsabschneider!«, und noch ehe

sie sich beruhigten, entfernte sich der Amerikaner vom Vorstandstisch und verließ durch eine Hintertür die Halle. In der allgemeinen Aufregung wurde sein Verschwinden kaum bemerkt.
Schließlich verschaffte sich der Betriebsratsvorsitzende wieder Gehör. Er schlug vor, die Versammlung jetzt aufzulösen und zunächst einmal die Fusionspläne in den einzelnen Abteilungen und Arbeitsgruppen zu diskutieren. Noch heute abend werde er die Pläne vervielfältigen lassen, und morgen früh könne sie jeder Mitarbeiter einsehen. Aber wenn niemand bereit sei, Einsicht zu zeigen, dann müsse das zwangsläufig zu schärferen Konsequenzen führen, das müsse er auch einmal sagen.
Die Versammlung war aufgelöst, aber die Leute blieben da, sie bildeten einzelne Gruppen und diskutierten.
Der Vorarbeiter neben mir sagte: Nun wissen wir ja, wohin der Hase läuft.
Wieso?
Haben Sie denn nicht gemerkt, was die Bürder wollen?
Natürlich. Die wollen uns an die Amerikaner verkaufen, reden aber immer von »Fusion«.
Das auch. Aber viel schlimmer ist doch deren Methode. Da sind Arbeitsplätze doppelt besetzt, andere sind frei, und nun gehen die nicht hin und sagen: Du kommst von der Bohrmaschine fort und arbeitest jetzt in der Lagerverwaltung. Nein, sie lassen die Arbeiter selber bestimmen, wer versetzt, verschoben, verschaukelt wird, und dann ist doch ganz klar, was dabei herauskommt.
Was?
Hier, sagte er, und schlug dabei mit der flachen Hand auf seinen Ellenbogen. Die muß man haben.
Mein Kollege aus dem Konstruktionsbüro kam, sagte: Na, was habe er prophezeit? Und er werde sich noch heute

abend den Fusionsplan besorgen, und morgen früh um Neun träfen sich alle im Konstruktionsbüro. Und auf dich kann ich mich verlassen, oder?
Ich sagte: Natürlich, und der Vorarbeiter fragte mich, ob wir noch einen trinken gingen, und es wäre doch nett, wenn wir noch einmal im Rodenkirchener »Rhein-Eck« zusammensäßen, wo wir früher immer Skat gespielt hätten.
Ich zögerte einen Moment, dann sagte ich zu.
Es wurde ein ausgedehnter Abend, und ich weiß nicht mehr, wie ich ins Hotel gekommen bin. Wir tranken alles durcheinander, Kölsch, Korn, Kabänes und Kirschwasser, und als alle Gäste gegangen waren, saßen wir noch mit der Kellnerin zusammen, und der Vorarbeiter kämpfte mit dem Einschlafen, sein Kopf fiel ihm alle paar Minuten auf die Brust, aber durch das plötzliche Nicken wurde er immer wieder wach, blinzelte mit den Augen, sah die Kellnerin an, sagte: Es gibt nix Schöneres wie'n Weib, schlief ein, schnarchte, die Kellnerin rüttelte ihn wach, er sah sie an, meinte, nun werde er bald sterben, aber die Kellnerin sagte: Was, du röchelst noch? Und das nennst du sterben?
Was weiter geschah, fehlt in meinem Gedächtnis. Als ich aufwachte, lag ich angezogen auf meinem Bett im Hotelzimmer. Es war kurz vor Elf.
Erst allmählich wurde mir klar, daß ich um Neun im Konstruktionsbüro hätte sein sollen. Ich wusch mich, trank eine Tasse schwarzen Kaffee, nahm eine Spalttablette und ging in die Firma. Das Frühstück ließ ich stehen.
Viel versäumt hatte ich nicht.
Der Fusionsplan sah vor, daß drei Mitarbeiter des Konstruktionsbüros ihren Arbeitsplatz wechseln sollten. Zwei hatten von sich aus gekündigt, und es ging jetzt nur noch darum, wer der Dritte sein würde; für ihn war ein Platz im

Management vorgesehen, in dem »Referat Verbindungen«.
Niemand wollte da hin.
Mein ehemaliger Kollege übernahm sofort die Rolle des Wortführers und sagte: Jetzt könnten nur noch die Qualifikation und die sozialen Begleitumstände ausschlaggebend sein.
Ja, das sei richtig und auch gerecht.
Man stellte einen Fragenkatalog auf. Wie viele Dienstjahre hatte jeder hinter sich? Wer war verheiratet, wer nicht? Wer hatte Kinder und wie viele? Waren die Kinder noch schulpflichtig? Wer war noch keine vierzig Jahre alt? Welche sonstigen Verpflichtungen fielen auf jeden? Wer mußte für Angehörige sorgen? Für seine Mutter? Für eine Schwester? War die Ehefrau krank? Hatte dieser oder jener andere, schwerwiegende Gründe?
Man merkte es schon den Gesichtern an, für wen das Rennen gelaufen war. Übrig blieb ein junger, etwa 25jähriger Mann, der gerade erst sein Diplom gemacht hatte. Er sagte: Von Qualifikation sei wohl überhaupt nicht mehr die Rede, und er arbeite seit Monaten an einer neuen Erfindung und stehe kurz vor dem Abschluß seiner Berechnungen.
Was das denn für eine Erfindung sei?
Darüber wolle er nicht reden.
Einige lachten. Der Trick sei nun wirklich nicht neu, sagten sie, und einer müsse eben gehen, und das »Referat Verbindungen« biete nicht die schlechteste Aufstiegsmöglichkeit.
Der junge Mann sah vor sich hin und preßte die Hände zusammen.
Was ist nun, fragte einer. Erkennen Sie unseren Beschluß an?
Nein. Er sei Ingenieur und kein Manager.

Die anderen wollten abstimmen.
Der junge Mann aber sagte: Lassen Sie das nur. Ich werde mit den Amerikanern selber verhandeln. Vielleicht ist denen die berufliche Qualifikation wichtiger als eine Frau und vier Kinder.
Er stand auf und ging hinaus.
Mein ehemaliger Kollege, der stellvertretender Leiter des Konstruktionsbüros werden wollte, meinte, man solle den Vorfall nicht so wichtig nehmen, wenn wir zusammenhielten, könne nichts schiefgehen. Das Telefon klingelte; er nahm den Hörer ab, sah mich eher mißtrauisch als skeptisch an und sagte: Du sollst zum Direktor kommen.
Fast immer kommen die wichtigsten Ereignisse unverhofft und zum falschen Zeitpunkt. Ich hatte nicht gefrühstückt, fühlte mich nach der durchzechten Nacht elend und unkonzentriert, und meine Kopfschmerzen ließen nicht nach. In wenigen Minuten mußte sich entscheiden, wie mein Leben nun weiterlaufen würde, aber ich war auf das Gespräch mit dem Direktor nicht im geringsten vorbereitet, im Gegenteil: ich hatte mich in eine Kneipe gesetzt und sinnlos betrunken.
Der Direktor war trotz der gestrigen Betriebsversammlung bei guter Laune, und ich hatte sogar den Eindruck, daß er sich freute, mich wiederzusehen.
Was trinken Sie, fragte er.
Ich bildete mir ein, mein ganzer Anzug rieche nach Alkohol und Zigarettenqualm, aber ich überspielte das natürlich und sagte: Ich schließe mich Ihnen an, er solle nur keine Umstände machen, vielleicht einen Whisky-Soda?
Gern. Ich wollte ihm beim Einschenken helfen, aber er lehnte das ab. Er trank auf mein Wohl.
So sagte er, und setzte sich hinter seinen Schreibtisch.
Wann kommen Sie nach Köln zurück?

Auf diese Frage war ich am wenigsten vorbereitet. Ich hatte allenfalls erwartet, er würde sagen: Was fangen wir nun mit Ihnen an?, oder: Ihr Fall ist besonders kompliziert.
Ich suchte krampfhaft nach einer Antwort, aber mir fiel nichts Besseres ein als zu sagen: Am liebsten bliebe ich am See.
Er stand abrupt auf, ging ans Fenster und sah hinaus. Ich schwieg.
Ohne sich umzudrehen, sagte er: Dann bleiben Sie nur an Ihrem See.
Die Stille, die jetzt eintrat, dauerte endlos. Ich hatte das Gefühl, als ob seine und meine Gedanken aus unseren Köpfen sprängen, im Zimmer hin und her flögen und unsichtbar aufeinander einschlügen. Man hörte sie nicht, aber sie fehlten plötzlich im Gehirn und machten das Denken schwerfällig. Man will jeden Moment etwas sagen, doch ehe die gedachten Worte die Zunge erreichen, merkt man noch gerade rechtzeitig, daß es nicht die richtigen Worte sind, man zieht sie zurück, gibt sich einen neuen Anstoß, aber auch der kommt nicht über die Zunge, man schweigt weiter, weiß, daß nichts verkehrter ist, als ausgerechnet jetzt zu schweigen, sitzt da, bleibt stumm und läßt die Zeit vergehen. Eine Zeit, die nie mehr einzuholen ist.
Ich sagte, wenn ich neunhundert Mark netto bekäme, würde mir das reichen.
Der Direktor drehte sich um und sah mich an. Mit Ihrem Seetick, meinte er, versauen Sie sich noch das ganze Leben.
Er setzte sich wieder hinter seinen Schreibtisch.
Er könne doch nicht dem einen seinen Arbeitsplatz wegnehmen und mir mein Seeleben finanzieren, wie ich mir das denn vorstelle.
Ich sagte: Sie wissen, was ich bisher für die Firma getan habe, und Sie wissen auch, daß ich am See nicht gefaulenzt

habe. Ich will da unten konstruktiv arbeiten, ich kann nach wie vor Gutachten anfertigen, und außerdem werde ich mich weiterhin um neue Projekte für die Firma bemühen.
Bisher hätte ich damit keinen Erfolg gehabt.
Das Überlinger Projekt wird sich vielleicht noch realisieren lassen.
Er trank an seinem Whisky-Soda, stand wieder auf, ging auf und ab und sagte dann, er wolle mir ja helfen, das müsse ich doch merken, aber ich mache es ihm verdammt schwer.
Was, dachte ich, könnte ich sonst noch vorbringen? Es kam jetzt auf jede Sekunde an.
Ich weiß nicht, sagte ich, ob ich Ihnen schon von meinen Berechnungen für die Bodenseebrücke erzählt habe. Nach wie vor sei ja das Problem, wie man bei einer 6,7 Kilometer langen Brücke die Zwischenpfeiler errichte und dabei den normalen Wasserfluß nicht beeinträchtige. Ich glaube, sagte ich, daß ich die Sache lösen kann.
Wie lange brauchen Sie dazu noch?
Ein paar Monate, vielleicht ein Jahr.
Er trank sein Glas leer, blieb am Schreibtisch stehen, klopfte mit seinem Ringfinger gegen die Schreibtischkante, sah mich an und sagte: Die Firma zahlt Ihnen zwölfhundert Mark. Mit den Amerikanern werde ich reden. Und für die Vermittlung von Projekten bekommen Sie die übliche Provision extra.
Ob ich einverstanden sei.
Mit dieser plötzlichen Wendung hatte ich nicht gerechnet. Ich hatte bestenfalls gehofft, nur noch gelegentlich und ohne jede Verbindlichkeit Aufträge zu bekommen, und manchmal hatte ich schon aufgeben wollen.
Ja, sagte ich, selbstverständlich, aber werden die Amerikaner dem auch zustimmen?

Das solle ich ihm überlassen, und der Vertrag werde in den nächsten Tagen ausgestellt; ich sollte in seinem Vorzimmer nachfragen. Er gab mir die Hand, ich bedankte mich, und erst jetzt fiel mir auf, daß mein Whisky-Soda noch unberührt auf dem Tisch stand. Ich überlegte, ob ich noch einmal ins Konstruktionsbüro zurückgehen sollte, aber ich hatte keine Lust dazu. Ich wollte jetzt allein sein.

9

Sie sagte, es sei ihr lieber, wenn wir uns im »Café Eigel« träfen, als daß ich zu ihr nach Hause komme. Warum denn, fragte ich, aber sie wollte mir am Telefon keine Antwort geben.
Es ist nicht egal, wo man sich trifft. Lokalitäten haben ihre Gesetze. Im Wirtshaus des Dorfes wird der Fremde zum Fremdling, er ist nicht zugehörig, keine Vertrauensperson, kein regelrechter Mitmensch; in den Eckkneipen der Großstadt dagegen wird man nach dem dritten Korn per Du, und die Thekensteher sind entweder unansprechbare, dem Suff ergebene Lokalphilosophen oder plumpe Kontaktmenschen, redselig, weinselig, selig bis zum Erbrechen, sie schwatzen einem ihre politische Hausmannskost auf, ihre Weibergeschichten, ihren strammen Max; die sogenannten feinen Restaurants verpflichten einen zum Speisen, obwohl man lediglich essen möchte; die Kellner stehen würdebewußt umher, gelangweilt, herablassend; jeder sein eigener Oberkellner; sie beschämen einen, indem sie sich dazu erniedrigen, das Essen auch nur aufzutragen, im Grunde hätten sie die Kellnerei überhaupt nicht nötig; sie bringen dem Gast Etikette bei, reichen ihm mit hochnäsiger Perfektion die Speisekarte, und erst in dem Augenblick, wo es ans Bezahlen geht, bekommen sie einen Ausdruck von Menschlichkeit, indem sie versuchen, einen übers Ohr zu hauen. Ganz anders die Cafés. In Cafés verlieren sich die Einzelgänger, und selbst die Stammkunden wünschen keinen Nebenmann. Hier gibt es noch Einsamkeit, gewollte

und erzwungene. Meine Tochter wollte sich mit mir im »Café Eigel« treffen.
Ich sagte: Du machst dich ziemlich rar. Ich muß in Wirtschaften essen gehen, sitze im Hotel herum, rufe dich jeden Tag an, aber du hast nie Zeit.
Sie lebe nicht mehr allein, sagte sie.
Ach so. An diese Möglichkeit hatte ich überhaupt nicht gedacht, und nach einer Weile sagte ich: Wer ist es denn?
Er sei wesentlich älter als sie und noch nicht geschieden.
Ich versuchte, an ihrem Gesicht vorbeizusehen. Plötzlich sagte sie: Er ist mein Chef, und wir verstehen uns wirklich. Seine Ehe existiert nur noch auf dem Papier. Er sieht viel jünger aus als er ist, und wenn wir erst einmal verheiratet sind, wirst du ihn bestimmt mögen.
Ich wußte keine Antwort.
Er raucht Pfeife und schwimmt gern, sagte sie.
Wie alt ist er denn?
Ein paar Jahre jünger als du.
Sie hatte sich eine Tasse Schokolade und ein Stück Käsekuchen bestellt. Sie war mollig geworden.
Ich will mich da nicht einmischen, sagte ich, du mußt das selber wissen.
Ich saß da, hatte keine Fragen und wußte keine Antworten und sah zu, wie sie aß. Auch sie schwieg. Ich hätte mir eine Illustrierte nehmen können, um die Zeit zu vertreiben, aber natürlich tut man das nicht. Man sitzt im Café, sieht seiner Tocher beim Kuchenessen zu, denkt darüber nach, welcher Krampf und welche Lüge sich hinter dem Wort »Blutsverwandtschaft« verbergen, und als Vater hat man nicht einmal das Recht, vom eigenen Fleisch und Blut zu reden. Vielleicht haben Mutterleib und Muttermilch eine bestimmte und definierbare Einwirkung auf die Struktur des Kindes; Väter sind austauschbar.

Da fiel mir übrigens ein, daß der Josef mich einmal gefragt hatte, ob ich wisse, warum fast alle Menschen den Kopf schütteln, wenn sie »Nein« sagen wollen.
Ich hatte mir darüber nie Gedanken gemacht.
Das lernt man schon als Säugling, sagte der Josef. Jedes Kind, das an der Mutterbrust saugt, wendet den Kopf nach rechts oder nach links, sobald es satt ist und keine Milch mehr will. Und diese Kopfbewegung hält der Mensch zeitlebens bei. Sie bedeutet: Nein, ich will nicht mehr, ich mache das nicht mehr mit, ich bin anderer Meinung.
Wenn das stimmt, sagte ich, dann wäre die erste bewußte Reakton des Menschen das Nein.
Der Josef hielt diese Einsicht für ein Naturgesetz.
Meine Tochter sagte: Du gehst wohl wieder an den See zurück.
Ja, morgen.
Wir vermieden es, uns anzusehen und schwiegen weiter.
Später sagte sie: Weißt du, er ist wirklich anders als die meisten Männer. Mit ihm kann man alles besprechen, und er hat für alles Verständnis.
Ich wußte, warum. Wenn ein zwanzig Jahre älterer Mann bei seiner Geliebten wohnt und schläft, hat er es leicht Verständnis zu zeigen.
Ich sagte: Hast du von Mutter etwas gehört?
Es geht ihr ganz gut, aber glücklich ist sie nicht. Wenn ich es richtig sehe, so kriselt es auch in ihrer neuen Ehe ganz schön.
Deine Mutter war nie ganz einfach, sagte ich.
Du aber auch nicht, sagte sie.
Sie bot mir eine Zigarette an, aber ich will keine Zigaretten mehr rauchen. Ich gab ihr Feuer. Während sie rauchte, dachte ich: sie hält die Zigarette schon jetzt wie die Frau eines Chefs. Sie drehte sie hin und her, inhalierte jeden Zug,

zog den Rauch durch die Nase, und wenn sie ihn wieder ausatmete, tat sie das mit jenem hauchzarten, kaum hörbaren Genuß, der jedermann klarmachte, daß es sich bei diesem exquisiten Vorgang um einen Akt höherer, damenhafter Kultur handelt. Sie demonstrierte, daß sie genoß und nicht lediglich rauchte.
Ich zahlte.
Als wir uns verabschiedeten, gab sie mir einen Kuß. Ich ging noch einmal zur Firma.

10

Natürlich trifft man solche Leute in Köln nicht. Aber nimmt man einmal an, es käme jemand zu mir und fragte mich: Sie wohnen also da unten am See, und da gibt es doch einen Mann, der sich Josef nennt, und welchen Narren haben Sie eigentlich an dem gefressen?

Dann würde ich erwidern: Weil der Josef aus seinem Leben etwas macht. Und der Kölner würde mich belächeln oder auslachen und sagen: Nun hören Sie mal, was hat denn der schon aus seinem Leben gemacht? Aber dann würde ich böse werden und antworten: Der Josef lebt sein eigenes, unverwechselbares, nur ihm bestimmtes Leben, sein Josef-Leben, und was, hören Sie mal, kann ein Mensch mehr aus seinem Leben machen, und dann käme ich vielleicht zu der Geschichte, die der Josef in Saudi-Arabien erlebt hatte.

Das war in Jemama gewesen, etwa 50 Kilometer nördlich des Äquators, und der Josef hatte sich dort mit einem Imam angefreundet. Der Islam hat ja keinen eigentlichen Priesterstand, doch dieser Imam muß offenbar ein Allah und Mohammed überaus gefälliger Mann gewesen sein. Auf jeden Fall lebte er streng nach den Regeln des Koran, und vor allem hielt er sich strikt an die Vorschriften des Ramadan. In diesem neunten Monat des islamischen Mondjahres, in dem der Koran vom Himmel auf die Erde kam, darf ja der Gläubige von der Morgendämmerung bis zum Sonnenuntergang nichts essen, nicht trinken, nicht rauchen, keine Frau küssen, keine Arznei einnehmen, nicht baden, keine Wohlgerüche einatmen und nicht einmal den eigenen Speichel herunterschlucken. Und als der Josef nun den ihm befreundeten Imam fragte, warum er sich so strikt an diese Regeln halte, antwortete der Mann: Elf Monate im Jahr lebt Allah für mich, so will ich denn einen Monat für Allah leben.

Und als der Josef noch in Kairo war, hatte er einmal zu einem Kameltreiber gesagt, daß er die Pyramiden für große Meisterwerke halte und es ihm unbegreiflich sei, daß sie jahrtausendelang die Zeit überdauert haben. Ja, sagte der Kameltreiber, das sei so: Der Mensch fürchtet die Zeit, die Zeit aber fürchtet die Pyramide.

Und wenn der Kölner diese Geschichten überhaupt mitanhören wollte, so könnte er vielleicht die skeptische Frage stellen, ob der Josef denn überall gewesen sei.

Aber selbstverständlich, würde ich antworten, und einmal, als der Josef in Mexiko war, hatte er einem Korbflechter bei der Arbeit geholfen. Der Korbflechter saß am Straßenrand und machte Stühle. Kein Stuhl aber glich dem anderen, der Mann hatte immer wieder neue Einfälle, ersann mal dieses, mal jenes Muster, und für jeden Stuhl verlangte er 20 Pesos.

Ein reicher Mann kam vorbei und fragte: Was verlangst du denn für einen Stuhl?

20 Pesos, sagte der Korbflechter.

Gut, erwiderte der Mann, dann geb' ich dir den Auftrag, zwölf Stühle für mich anzufertigen. Aber die Stühle müssen alle gleich sein.

Der Korbflechter nahm den Auftrag an. Jedoch, meinte er, wenn die Stühle alle gleich sein sollten, müsse er pro Stück 25 Pesos verlangen.

Der reiche Mann wollte das nicht einsehen. Bis jetzt, sagte er, hast du jeden Stuhl anders gemacht. Dazu brauchst du

Phantasie und Zeit, und Zeit ist Geld. Und wenn du jetzt zwölf Stühle für mich anfertigst, die alle gleich sind, dann sparst du Phantasie und Zeit, und demnach müßtest du mir sogar einen Rabatt geben.
So könne man auch denken, antwortete der Korbflechter. Aber wer, fragte er, bezahlt mir meine Langeweile?
Manchmal, wenn der Josef melancholisch ist, erzählt er Witze. Er meint, die besten Witze habe er von Beduinen gehört und ob er mir mal einen erzählen solle.
Ja, sagte ich, warum nicht?
Also, sagte der Josef, ein Muslim kommt ins Paradies. Er steigt einen steilen Pfad hinauf, geht über eine schmale Brücke und steht plötzlich in einem runden Vorhof, von dem der Weg nur durch zwei Tore weiterführt. Über dem einen Tor steht das Wort »Hölle«, über dem anderen »Himmel«, und der Muslim wundert sich, daß ihm niemand sagt, durch welches Tor er zu gehen habe. Nun, denkt er, du warst nicht gerade ein frommer Mann, du hast geschwindelt, gelogen, Allah gelästert, also, denkt er, sei ehrlich, geh' in die Hölle.
Er geht durch das Tor, über dem das Wort »Hölle« steht, und kommt in einen großen, prachtvoll ausgeschmückten Saal. Es duftet nach Wein und nach Braten, die Tische sind mit seidenen Tüchern bedeckt und voll der herrlichsten Speisen. Die Menschen sitzen in prunkvollen Sesseln an den Tischen. Mit der linken Hand sind sie an die Sessellehne gekettet, und in der rechten halten sie einen riesigen, fast zwei Meter langen Holzlöffel. So sitzen sie scheinbar im Paradies, aber sie haben nichts vom Paradies, weil sie den riesigen Holzlöffel nicht zum Mund führen können.
Nun, denkt der Muslim, keiner zwingt mich, in der Hölle zu bleiben, versuche es mal im Himmel. Er geht durch das andere Tor, über dem das Wort »Himmel« steht, und al-

les ist genauso wie in der Hölle: der festliche Saal, die mit Seide bedeckten Tische, die herrlichen Speisen. Auch hier sind die Menschen mit der linken Hand angekettet, und in der rechten halten auch sie den riesigen Löffel. Es gibt nur einen Unterschied: die Menschen füttern sich gegenseitig.
Der Kölner, dem ich diese Josefgeschichten hätte erzählen können, war längst gegangen. Seit Wochen bin ich wieder am See.

11

Der See sah aus, als habe er mich vermißt, ohne auf mich zu warten. Ich kam zurück wie einer, der mal eben in die Stadt gegangen war oder einen längeren Spaziergang gemacht hatte. Sogar das Fahrrad von Bauer Greiffs Sohn lag noch immer unter dem gekreuzigten Blechchristus zwischen Feldweg und elektrischem Weidezaun, und lediglich am Garten des Lehrers merkte man, daß der Rasen und die Hecke, die Beete und die Blumen in der Zwischenzeit bearbeitet worden waren.
Zwischenzeit? Welche Zeit ist das? Die Zeit zwischen Abfahrt und Ankunft, zwischen Wiederkehr und Neubeginn, zwischen Neubeginn und Rückfall, Resignation oder Ende? Jedes Leben ist zwischenzeitlich, die Kalender stimmen nicht. Es gibt Tage, die haben 96 Stunden, und es gibt Sekunden, die tippen die Ewigkeit an. Man lebt in Schüben: Die Kindheit schließt ab, die Schule beginnt; die Liebe mündet ein in den Alltag der Ehe, der Beruf beherrscht das Leben; die Kinder gehen aus dem Haus, die Krankenhauserfahrungen häufen sich; die Jahre laufen schneller, der Tod wartet schon. Nach jedem Schub zieht man Zwischenbilanz und ändert sich nicht. Der angeforderte, möglichst handgeschriebene Lebenslauf mit dem jüngsten Lichtbild entblößt die Wirklichkeit; er übermittelt Stationen, Naht- und Bruchstellen, nachträglich bearbeitete Daten, da heißt es: Am 4. August habe ich geheiratet, am 10. Oktober wurde ich geschieden. Und was passierte in der Zwischenzeit? Bauer Greiffs Sohn hatte mir also doch die Katze besorgt.

Er behauptete, ich hätte ihm dazu einen Auftrag gegeben, aber das ist nicht wahr. Wahr ist, daß ich ihm immer wieder gesagt habe, ich wisse nicht, ob ich noch einmal eine Katze haben wolle, aber er ließ diese Antwort nicht gelten.
Er sagte: Du kannst doch gar nicht ohne Katze leben.
Wie kommst du denn darauf, fragte ich.
Seit deine alte Katze tot ist, bist du ganz anders geworden.
Wie anders?
Du bist immer so nachdenklich, sagte er, und manchmal siehst du aus, als gefalle es dir am See nicht mehr. Und früher hattest du auch mehr Zeit für mich.
Das hat mit dem Tod meiner Katze überhaupt nichts zu tun, erwiderte ich. Das hat ganz andere Gründe.
Das glaube ich dir nicht, sagte er.
Doch, sagte ich, es ist so. Ich habe Kummer mit meiner Kölner Firma. Vielleicht muß ich in ein paar Monaten für immer nach Köln zurück, und dann kann ich die Katze ohnehin nicht mehr brauchen.
Warum nicht?
Katzen passen nicht nach Köln, sagte ich, aber Gott sei Dank fragte er jetzt nicht, warum Katzen nicht nach Köln passen. Es gibt Warums, die vertragen keine Antworten.
Er hielt die Katze auf dem Arm und sah mich an. Sie war höchstens 4 Monate alt, hatte ein rabenschwarzes Fell, und nur an den Vorderpfoten und über der Nase waren ein paar winzige weiße Flecken. Ihre Augen hielten es nicht aus, länger als eine schnelle Sekunde auf einem Gegenstand zu bleiben, sie wanderten pausenlos hin und her, blickten zu mir hoch, sahen die Hecke, die Hütte, den Himmel, die Erde, einen Vogel, den Pfeifenrauch, aber diese Augen sahen nicht nur, sie staunten an, sie wußten nicht, was sie glauben sollten und was vielleicht nur imaginärer Zauber war, jede Winzigkeit war ihnen neu und alles zusammen

unfaßbar. Ihre Augen waren hellblau, hellwach, halb lustig, halb komisch, und es war ihnen selbstverständlich, daß ein einziger Blick genügte, um auf der Stelle geliebt zu werden. Man bezieht solche Blicke immer auf sich selber und merkt erst später, daß man austauschbar ist.
Na gut, sagte ich, laß sie hier.
Er warf sie auf die Erde, aber sie nahm ihm das nicht übel; sie war auf die Füße gefallen, und das genügte ihr. Für einen Augenblick war sie ratlos. Dann sprang sie hoch und lief schnurstracks in die Hütte.
Die mag dich, sagte der Junge, du wirst sehen.
Ich sagte: Wenn sie mir lästig wird, mußt du sie zurücknehmen. Das versprichst du mir, nicht wahr?
Die mag dich doch, wiederholte er, merkst du das denn nicht?
Ich ging in die Hütte und suchte die Katze. Das ist jetzt sechs Wochen her, und wenn ich mich heute frage, ob ich nicht besser allein geblieben wäre, so weiß ich es immer noch nicht; ich gebe mir auf diese Frage jedesmal eine andere Antwort. Es ist nicht einfach mit ihr; sie ist verspielt, launisch, übermütig. Sie kommt mitten in der Nacht zu mir ins Bett, leckt mir die Hand ab, umarmt meinen Hals, zerzaust mir die Haare oder beißt mir in die Ohrlappen, und wenn ich darüber aufwache, Licht mache, auf die Uhr sehe und sage: Herrgott, jetzt ist es zwei Uhr nachts, ich bin todmüde, ich habe jetzt keine Lust, mit dir zu spielen, dann sieht sie mich mit großen, unverschämt wachen Augen an, legt sich auf den Rücken, wartet, bis ich ihren Kopf, ihren Hals, ihr Fell streichle, na, denkt sie, den hab ich wieder einmal geschafft, und wenn am nächsten Morgen der Wekker klingelt, liegt sie am Fußende meines Bettes, hört nichts, sieht nichts, blinzelt mich allenfalls einmal an und will nichts mehr von mir wissen. Ich stehe auf, koche Kaf-

fee, öffne die Fensterläden, mache mir mein Frühstück, sage: Jetzt könntest du allmählich aufstehen, draußen scheint die Sonne, aber darauf reagiert sie nicht. Sie schläft weiter, und meistens reckt und streckt sie sich erst, wenn ich mir nach dem Frühstück meine Pfeife anmache. Dann sieht sie mich an, als wolle sie sagen: Mußt du nun gerade jetzt die Hütte verqualmen? Aber ich denke nicht daran, ihretwegen auch noch auf meine Frühstückspfeife zu verzichten.
Es ist gleich Neun, sage ich. Werd endlich wach!
Und das ärgert mich nun: Sie weckt mich mitten in der Nacht auf, verlangt von mir, daß ich ihr die Zeit vertreibe oder mit ihr spiele, aber sie denkt gar nicht daran, mit mir aufzustehen und mir zu helfen, meine ohnehin langsam anlaufende Morgenlaune froher zu stimmen. Kurz nach Neun gehe ich nach nebenan, um zu arbeiten, aber sie schläft weiter. Ich habe versucht, sie umzuerziehen; bisher ist mir das mißlungen. Vor einer Woche sagte sie, es sei ihr zu langweilig bei mir, und ich böte ihr zu wenig Abwechslung.
Solche Sätze tun weh. Ich sagte: Meine alte Katze hat sich darüber nie beschwert.
Sie sei nicht meine alte Katze, sagte sie.
Nein, sagte ich, aber man kommt nicht umhin, manchmal Vergleiche anzustellen.
Wenn du in Erinnerung an deine tote Katze leben willst, so kann ich das nicht ändern. Aber ich, sagte sie, bin dann wohl überflüssig. Sie sprang auf die Fensterbank und sah hinaus.
Ich schob meine Planskizzen beiseite, stand auf, ging zu ihr hinüber, nahm sie auf meinen Schoß und streichelte sie. Sie sah mich an. Fast im selben Augenblick jedoch sprang sie auf mein Bett, wälzte sich hin und her, zerrte am Kopfkissen, sah mich wieder an, und als ich mich zu ihr setzte,

nahm sie meine Hand, spielte mit meinen Fingern, leckte sie ab und biß sich an ihnen fest.
Ich muß arbeiten, sagte ich.
Sie überhörte das und hielt mich zurück.
Vielleicht gehst du mal vor die Hütte? Die Bank draußen steht mitten in der Sonne.
Sie überhörte auch das und spielte weiter.
Also gut, sagte ich, gehen wir zusammen nach draußen. Sie legte sich in das Gras, putzte sich, sprang hin und her, versteckte sich hinter der Hecke und wartete nur darauf, daß ich ihr die Zeit vertreibe. Ich saß auf der Bank vor der Hütte und dachte an meine Arbeit. In der Sonne waren es jetzt schon 18 bis 20 Grad; im See badete allerdings noch niemand. Die Bauern waren in ihren Feldern.
Zunächst einmal mußte ich den Kontakt mit meinem Überlinger Bekannten wieder aufnehmen. Wenn es mir gelingen sollte, den Auftrag für die Kläranlage nach Köln zu holen, so konnte ich nicht nur mit der Provision rechnen: ich würde die Firma wieder einmal auf mich aufmerksam machen. Die in Köln müßten sich sagen: der tut tatsächlich etwas da unten am See, der Mann ist auch als Provisionist brauchbar, und einem brauchbaren Mitarbeiter sieht man manches nach, sogar einen Seetick. Mein zweites Ziel war immer noch, das Thomas'sche Verfahren der Phosphat-Trophierung zu verbessern; selbst ein Teilerfolg würde im Konstruktionsbüro nicht ohne Resonanz bleiben können. Es ist einfach unwahr, daß wichtige wissenschaftliche Erkenntnisse nur noch in Teamarbeit oder in großen Labors gewonnen werden können; auch der Einzelgänger hat nach wie vor seine einsame Chance. Im Augenblick allerdings überhäufte mich die Firma mit Gutachten, zu denen ich wieder meine Gegengutachten abzugeben hatte, und die viele Schreiberei ließ mich natürlich an jene Zeit

denken, als ich mir noch eine Sekretärin leisten konnte. Aber das ist vorbei.
Die Katze ließ keine Ruhe. Sie lief hinunter zum See, wußte natürlich, daß ich ihr nachrennen würde, doch sobald sie mich sah, huschte sie davon, versteckte sich im Gras, wartete, bis ich ganz nah heran war, um dann, ehe ich sie erwischen konnte, blitzschnell fortzuspringen. Sie nahm es selbstverständlich, daß wir dieses kindische Spiel bis in alle Ewigkeit fortsetzen würden, aber ich wurde es bald leid, mich zum Narren halten zu lassen. Ich sagte: Nun ist es genug, ich muß wieder an meine Arbeit. Aber das hielt sie für eine faule Ausrede oder für dummes Zeug, sie tollte weiter und sah mir halb mißtrauisch, halb ungläubig nach, als ich tatsächlich zur Hütte zurückging. Ich aber wollte es darauf ankommen lassen.
Ich ließ die Hüttentür offen und setzte mich wieder an meinen Schreibtisch. Nichts geschah. Wahrscheinlich streunte sie unten am See umher, während ich auf sie wartete. Gerade das aber sind die komplizierten Funktionen des Wartens: der eine wartet auf den anderen, weil der eine meint, der andere müsse zuerst kommen. Der andere will aber nicht zuerst kommen, auch er will warten, und nicht selten geht darüber ein Leben dahin. Ich ging wieder hinunter zum See.
Die Katze lag neben dem Bootssteg und räkelte sich in der Sonne. Als sie mich sah, tat sie, als hätten wir uns noch nie im Leben gesehen. Ich packte sie, nahm sie in meine Arme und trug sie zurück in die Hütte. So, sagte ich, hier gehörst du hin, merk' dir das.
Sie sah mich an. Wieder bildete sie sich ein, nur ein Blick von ihr genüge, um mich sofort freundlicher zu stimmen. Ich sagte: So geht das nicht weiter. Ich sehe ein, daß du noch jung bist und andere Interessen hast als ich. Aber

wenn wir zusammenbleiben wollen, müssen wir uns irgendwie anpassen.
Sie wolle etwas trinken, erwiderte sie.
Ich ließ mich darauf nicht ein. Ich sagte: Du willst nur ablenken. Im Augenblick geht es darum, wieviel Zeit ich mir für dich aufsparan kann. Ich muß arbeiten, und ich kann nicht nur dann arbeiten, wenn du gerade schlafen willst oder keine Lust zum Spielen hast. Siehst du das ein?
Sie gab keine Antwort. Sie ging zur Tür, drehte sich um, sah mich kurz an und sagte: Dann laß mich wenigstens wieder hinaus.
Wie du willst, sagte ich. Ich war verärgert. Ich stand auf, öffnete die Tür, ließ sie hinaus und schloß die Tür hinter ihr zu. Sie sollte merken, daß es mir diesmal ernst war.
Ich war gespannt, was sie jetzt tun würde, schob die Gardine vom Hüttenfenster beiseite und sah, wie sie vor der Hüttentür saß und sich die Pfote leckte. Manchmal blinzelte sie in die Sonne, aber das tat ihren Augen weh. Sie schloß die Lider und döste vor sich hin. Gleich darauf sah sie sich wieder um, wußte anscheinend nicht, woran sie mit sich, mit mir und mit der Welt war, dachte eine Sekunde darüber nach und leckte dann wieder an ihrer Pfote. Ich setzte mich an meinen Schreibtisch.
Vielleicht war es nicht an diesem Abend. Aber als sie zurückkam, sah sie halb verhungert und völlig zerzaust aus. Ich weiß nicht, wo sie sich umhertreibt; um weit fortzulaufen, fehlt ihr der Orientierungssinn, und für Liebesspiele ist sie noch zu jung. Sie sagte, sie habe entsetzlichen Durst und wolle Wasser. Ich schluckte meinen Ärger hinunter und gab ihr zu trinken.
Weißt du, sagte sie, ich brauche das eben.
Was?
Ich muß mich schon mal austoben.

Von Toben kann gar keine Rede sein, erwiderte ich. Wenn man dich ansieht, könnte man meinen, du hättest ein paar Nächte hintereinander durchgemacht. Und dazu bist du noch zu jung, sagte ich.
Sie leckte die Wasserschüssel leer und gab keine Antwort. Ich wußte, daß sie Hunger hatte, aber da sie zu stolz oder zu stur war, etwas zu sagen, bot ich ihr auch nichts an.
Sie setzte sich in ihren Sessel und putzte sich.
Ich sagte: Bis du deinen Pelz wieder rein hast, wird eine kleine Ewigkeit vergehen.
Sie kratzte sich am Kopf und stellte sich taub.
Meine frühere Katze, sagte ich, ist kurz vor ihrem Tod tatsächlich taub geworden. Ich weiß, wie das ist. Aber wenn du jetzt so tust, als könntest du nicht mehr hören, so ist das, gelinde gesagt, eine Unverschämtheit. Merk dir das.
Mindestens dreimal täglich sagst du: Merk dir das!, erwiderte sie.
Na und? Hast du etwas dagegen?
Nein. Das sei lediglich eine Feststellung.
Am liebsten hätte ich ihr eine Ohrfeige gegeben, aber ich beherrschte mich. Ich holte mir die Zeitung und las. Sie putzte sich unentwegt weiter.
Später sagte sie: Wann essen wir denn?
Wenn du mit deiner Putzerei fertig bist, können wir essen.
Ich kann jederzeit damit aufhören.
Du magst keinen Fisch, du magst keine Milch, was darf's denn sein, fragte ich.
Nichts besonderes, sagte sie. Am liebsten wie immer.
Die Jugend mag mancherlei Vorrechte haben, meinetwegen. Sie mag frech sein, unnachsichtig, widerborstig und immer nur fordern und fordern. Aber was die Katze mit mir trieb, war mehr: sie legte es darauf an, mich zu demü-

tigen. Ich sagte: Wenn du in diesem Ton mit mir weiterredest, gibt es überhaupt nichts zu essen, und ich setze dich ein- für allemal vor die Tür.
Merk dir das, sagte sie.
Ich stand auf, ging hinaus und schlug die Tür hinter mir zu. Im ersten Augenblick wußte ich nicht, was ich tun sollte. In meiner Erregung hatte ich vergessen, Tabak und Pfeife einzustecken, aber ich wollte jetzt nicht mehr zu ihr zurück. Ich ging den Feldweg entlang, vorbei an Bauer Greiffs Stall, bis hinunter zum kleinen Wäldchen, das unmittelbar an den See grenzt. Irgendetwas mußte geschehen. Es wäre zweifellos richtiger gewesen, wenn ich Bauer Greiffs Sohn gleich gesagt hätte, daß mir die Katze zu jung sei, aber wer weiß das im voraus? Auch meine frühere Katze war einmal jung gewesen, auch mit ihr hatte ich mich zusammenraufen müssen, aber wir hatten uns ohne Frechheiten oder gar Demütigungen aufeinander eingespielt, jeder von uns respektierte den anderen. Aber die Rechnung Katze = Katze geht eben nicht auf, wie ja auch die Thesen Frau = Frau oder Mensch = Mensch Trugschlüsse sind. Gleichmacherei degradiert den Einzelnen. Man kommt miteinander aus, oder man kommt nicht miteinander aus: das ist alles. Meine frühere Katze trank gern Büchsenmilch und ging für ihr Leben gern fischen; meine jetzige Katze mag Milch nicht einmal sehen und ist wasserscheu.
Als ich zurückkam, lag sie auf meinem Bett und schlief. Ich hatte mir vorgenommen, mit keinem Wort auf unsere Auseinandersetzung zurückzukommen, ging in die Abstellkammer, holte Brot, Butter, Käse, Wurst, machte mir eine Flasche Bier auf und begann zu essen. Die Katze wurde wach, gähnte, sah mich schlaftrunken an, wollte offenbar etwas sagen, aber zwischen Schlaf und Erwachen fiel ihr gerade noch rechtzeitig ein, daß wir uns ja verkracht hat-

ten, also schwieg sie, ging zu ihrem Teller und aß. Während des Essens sahen wir uns nicht einmal an.
Ich spülte ab, holte mir die Zeitung wieder, stopfte die Pfeife, stellte das Radio an und setzte mich in meinen Sessel. Im »Kommentar der Woche« sprach Franz Wördemann zum Thema »Sport und Nationalismus«. In der Zeitung wurde berichtet, ein kinderloses Ehepaar aus Schwaigern habe aus Kummer über den Tod seines Dackels »Hansi« Selbstmord begangen.
Plötzlich saß die Katze auf meinem Schoß. Ich konnte mich nicht dagegen wehren, es war ein Überfall, abrupt und ohne Vorbereitung. Ich kam gerade noch dazu, die Zeitung und meine Pfeife beseite zu legen, sagte: Was soll denn das, aber sie nahm meine rechte Hand in beide Pfoten, sah mich kurz an, sprang mir auf die Brust, rieb ihren Kopf an meinem Hals, sah mich noch einmal an und wartete, was ich ihren großen Augen zu sagen hatte. Ich sagte nichts.

12

Der Pfarrer, den ich beim Friseur traf, meinte, Katzen seien zu keiner Zeit so verehrt worden wie im alten Ägypten. Beim Tod einer Katze hätten die »Angehörigen« sich die Augenbrauen abrasieren müssen, und wer eine Katze umbrachte, sei mit dem Tod bestraft worden; und zwar nicht aus Willkür, sondern nach dem Gesetz.
Ich saß im Frisierstuhl und sah im Spiegel, wie der Pfarrer hinter meinem Rücken mit mir sprach. Ich mag mich beim Haareschneiden nicht unterhalten, ich weiß nicht warum. Aber ich wollte nicht unhöflich sein und sagte: Woher wissen Sie das denn?
Er habe eben seinen Herodot gelesen, sagte der Pfarrer.
Ich schwieg.
Übrigens, meinte er, 99,9 Prozent aller schildplattfarbigen Katzen sind weiblich, und in Siam sind die Katzen keineswegs heilig, und weiße Katzen mit blauen Augen kommen in der Regel taub auf die Welt.
So, sagte ich.
Es ist wirklich wahr, sagte der Pfarrer, und ob ich wisse, was passiere, wenn man eine Siamkatze mit einer Perserkatze kreuze?
Nein.
Das gibt weder eine Siam- noch eine Perserkatze, weder eine Halbsiam- noch eine Halbperserkatze, sondern?
Er fragte dieses »sondern?«, als sei er in der Schule und die Antwort müsse nun wie ein Pistolenschuß herauskommen.
Natürlich wußte ich die Antwort nicht.

Eine Hauskatze, sagte er. Da können Sie Kreuzungsversuche machen, so viele Sie wollen, es kommt immer eine ganz gewöhnliche Hauskatze dabei heraus.
Tatsächlich?
Immer.
Pastoren haben solche Geschichtchen zumeist dann auf Lager, wenn sie mit deren Hilfe möglichst schnell auf Gott kommen können. Auch an diesem Phänomen ließe sich natürlich dartun, wie wenig die Wissenschaft weiß und wie unerforschlich Gott in seinem Wirken ist, aber der Pfarrer verkniff sich jede Anmerkung, und ich sagte: Das sind ja richtige Josefgeschichten, die Sie da erzählen.
Ja, sagte er, ein Onkel von ihm habe Edelkatzen gezüchtet, und als Kind sei er dort in den Schulferien gewesen.
Der Friseur sagte: Mit Katzen kennt man sich nie recht aus. Er bürstete mir den Rockkragen sauber, ich zahlte. Der Pfarrer meinte, jetzt, wo die Abende länger würden, könne ich ihn doch wieder einmal besuchen, seit zwei Jahren sei ich nicht mehr bei ihm gewesen.
Oder Sie kommen mal in die Hütte, sagte ich.
Ja, oder das.
Der Friseur öffnete mir die Tür und machte wie immer seinen viel zu tiefen Diener.
Ich mußte zur Post. Zwei Gutachten hatte ich fertig, und ich schickte sie per Einschreiben nach Köln. Meinen Überlinger Bekannten bat ich um eine kurze Nachricht, wie es mit dem Bau der Kläranlage stehe. Die übrige Post war privat; ich schrieb eine Karte an Nurmi, von dem ich fast ein Jahr lang nichts mehr gehört hatte, und ein paar Zeilen an meine Tochter. Es war mir nicht gleichgültig, daß meine geschiedene Frau in ihrer neuen Ehe anscheinend auch nicht glücklich war, und ich bat meine Tochter, ihr das einmal nebenbei zu sagen. Meine ehemalige Sekretärin wollte

ich von der Hütte aus anrufen. Noch in Köln hatten wir vereinbart, daß wir mindestens einmal in der Woche miteinander telefonierten; ich wollte über die Fusionsverhandlungen regelmäßig informiert werden. Bis jetzt allerdings schleppten sie sich hin, das konnte noch Monate dauern. Erst als die Post schon im Kasten war, fiel mir ein, daß ich meine Tochter nicht gefragt hatte, ob ihr Chef nun geschieden sei und wie alles weitergehen solle. Ich war schon versucht, eine zweite Karte hinterher zu schicken, aber ich ließ es. Ich hätte auch nicht gewußt, wie man eine solche Frage formulieren könnte.

Obwohl ich am See keine Sekretärin mehr habe, halte ich mich immer noch an jene Dienstzeiten, die ich damals mit ihr vereinbart hatte. Irgendwann hatte es sich eingespielt, daß wir uns jeweils freitags frei gaben; manchmal sprang ein verlängertes Wochenende dabei heraus, meistens aber arbeiteten wir dafür am Samstag. Seit die Badegäste von Jahr zu Jahr mehr werden, macht das Schwimmen am Wochenende keinen Spaß mehr. Übrigens werde ich in der nächsten Woche meinen Schreibtisch wieder hinuntertragen und auf der Uferwiese des pensionierten Postsekretärs aufstellen. Die Pacht läuft zwar in diesem Jahr aus, aber ich bin sicher, daß die Verlängerung keine Schwierigkeiten macht, auch finanziell nicht. Vor fünf Jahren hatten wir abgemacht, daß ich ihm hundert Mark pro Jahr zahle, viel mehr wird er auch jetzt nicht verlangen. Ich muß bald mit ihm reden.

Ich ging zurück zur Hütte, es war kurz nach Zwölf. Die in Köln hatten jetzt Mittagspause. Sie saßen in der Kantine, aßen, tranken ihr Kölsch, redeten von der Fusion, über Kollegen, Chefs, Sekretärinnen, vom Urlaub und von ihrem Sexualleben, und während ich auf meiner Bank vor der Hütte saß, wußte ich genau, was das für Gespräche waren.

Meine Gedanken gingen von Tisch zu Tisch, die Leute saßen dicht gedrängt zusammen, ich belauschte sie, und eine Sekretärin hörte ich sagen: »Mir kann es ja egal sein. Ich habe zum 1. Oktober gekündigt, dann werde ich heiraten und nach Karlsruhe ziehen. Von mir aus können die fusionieren, solange die wollen.«
Am Nebentisch aß ein Arbeiter vom Versand Rindsroulade mit Püree, und während er kaute, redete er auf seine Kollegen ein: »8 %? Und was hast du davon? Meine Miete hat man heraufgesetzt, die Kartoffeln sind um 20 % teurer geworden, Kalbfleisch kauft meine Frau sowieso nicht mehr, und Autofahren können sich nur noch die Bonzen leisten. Aber die Gewerkschaft ist noch stolz auf ihre 8 %. Mensch, hört mir doch auf!« Die anderen schwiegen.
Gleich neben der Tür zur Küche saß einer aus der Buchhaltung mit einem Lehrling. »Du hast doch nichts erzählt«, fragte er.
»Nein, natürlich nicht.«
»Weißt du, die wollen den Paragraphen ja ändern. Aber ehe du Sechzehn bist, ist das so eine Sache.«
»Ich bin doch kein Kind mehr, und die Paragraphen sind alles Humbug.«
»Das sagst du so«, sagte der Buchhalter. Er suchte mit dem Fuß die Beine des Lehrlings und streichelte sie.
Währenddessen hetzte die Serviererin die Tischreihen entlang, rief »Moment« oder »Ja, zu euch komme ich auch noch«, und als sie am Büfett war, wischte sie sich den Schweiß von der Stirn, nahm einen Zettel aus ihrer Kitteltasche und sagte: »Dreimal Gedeck 1, zweimal Gedeck 2, vier Kölsch und ein Apfelsaft.«
Der zweite Betriebsratsvorsitzende kam herein, setzte sich zu ein paar Arbeitern, fragte, wie das Essen heute sei, und

die Leute brummten etwas vor sich hin, halb desinteressiert, halb zustimmend. »Übrigens«, sagte er, »das Kantinenessen wird bald teurer werden.«
»Wieso denn das?«
»Der Wert einer Essensmarke wird von 1,50 Mark auf 1,20 Mark heruntergesetzt.«
»Wann?«
»Am 1. Juli.«
»Und warum? Ist das der erste Erfolg des Sozialwerkes?«
»Nein. Das Finanzamt will den Freibetragswert von 1,50 Mark nicht anerkennen. Aber das werden wir selbstverständlich anfechten.«
»Nur teurer wird's, so oder so.«
»Ab 1. Juli. Aber das kriegen wir schon wieder hin.«
Vor der Kantine wartete ein Mann auf eine Arbeiterin. Der Mann sagte: »Alles klar.«
»Wann zieht sie aus?« fragte die Arbeiterin.
»Am letzten.«
»Und der Junge?«
»Der kommt in ein Heim.«
Ich merkte plötzlich, daß ein Schatten auf meinem Gesicht lag; ich öffnete die Augen, aber es dauerte eine Zeitlang, bis ich begriff, daß Bauer Greiff vor mir stand. Er sagte: Waren Sie eingeschlafen?
Nein, nein, ich habe nur so vor mich hingedöst.
Ob er sich einen Augenblick setzen dürfe.
Natürlich.
Er setzte sich neben mich auf die Hüttenbank und machte sich eine Zigarette an. Um die Mittagszeit komme die Sonne schon ganz schön durch, sagte er.
Doch, das kann man sagen.
Wir schwiegen.
Ich sagte: Sonst etwas Neues?

Nein, nicht das er wüßte. Es geht halt immer weiter.
Er zog an seiner Zigarette, inhalierte jeden Zug und ließ die Zigarette so weit abbrennen, bis er sich fast die Finger verbrannte. Zwischen Zeige- und Mittelfinger und an der Daumenkuppe war die Haut hornig und gelbbraun.
Und bei Ihnen, fragte er.
Immer dasselbe. Mal mehr, mal weniger Arbeit, antwortete ich.
Die Katze kam durch die Hecke und sah mich an. In der Abstellkammer steht Wasser, sagte ich zu ihr, aber sie hörte nicht darauf. Sie legte sich ins Gras und spielte mit den Halmen.
Bauer Greiff sagte: Noch zwei Tage so ein Wetter, und die ersten Fuhren sind im Silo.
Was sagt denn der Wetterbericht?
Ach, darauf könne man nichts geben.
Die Sonne war ein Stück weitergewandert, die Bank stand zur Hälfte im Schatten. Es war jetzt angenehm kühl.
Wenn Sie an einem der nächsten Abende zum Fischen gehen, dann nehmen Sie mich wieder mal mit, sagte ich.
Wenn er dazu Zeit fände, gern.
Ich hätte ihn fragen können, wie denn sein Sohn in der Schule vorankomme und ob er überhaupt versetzt werde, aber ich ließ es.
Was macht denn der Josef, fragte ich. Ich hatte ihn wochenlang nicht mehr gesehen.
Er sagt, er habe Zahnschmerzen. Aber zum Zahnarzt will er nicht. Bauer Greiff lachte.
Und seine Geschichten?
Die werden immer verrückter.
Er warf die Zigarettenkippe ins Gras und rieb sie mit der Fußsohle in die Erde. Gleich darauf steckte er sich eine

neue Zigarette an. Na, sagte er, ich muß sehen, daß ich fertig werde, stand auf und ging hinüber zu seinem Hof. Ich ging in die Küche und machte mir meine Ochsenschwanzsuppe warm. Die Katze kam nach.

13

Es war in der zweiten Julihälfte, und ich hatte Bauer Greiff angeboten, ihm beim Heuen zu helfen. Erst hieß es, ich solle den Traktor fahren, aber darauf ließ sich Bauer Greiffs Sohn nicht ein. Das sei seine Sache, behauptete er, er könne die Spur besser halten, von der Einfahrt durchs Scheunentor ganz zu schweigen, so etwas müsse gelernt sein, und außer seinem Vater schaffe das ohnehin nur er. Also ging ich als Handlanger mit aufs Feld, schleppte so viel Heu heran, wie ich mit der Gabel packen konnte, machte mich mal hier, mal da nützlich, aber ich hatte nicht das Gefühl, daß meine Arbeit viel wert war. Der Josef erschien immer erst nach der Mittagspause, vormittags arbeitete er auf einem anderen Hof.
Eine Unterhaltung kam nicht zustande; jeder dachte vor sich hin oder in sich hinein, ich weiß es nicht. Ich weiß nicht einmal, woran ich selber dachte.
Den anderen machte die Hitze nicht viel aus. Mir dagegen ließ der Schweiß am ganzen Körper herunter, die Stechfliegen saugten mir am Hals, an Armen und Beinen das Blut ab, die Einstichstellen schwollen an, ich kratzte sie auf. Die Schweißtropfen flossen über das frische Blut, vermengten sich mit dem Heustaub und blieben schließlich auf der Haut kleben. Es hat gar keinen Zweck, den Körper abzuwaschen oder etwas zu trinken, im Gegenteil: der erfrischte Körper erzeugt neuen Schweiß, zieht noch mehr Stechfliegen an, und die ganze Prozedur wiederholt sich. Trotzdem war ich froh, daß ich nicht im Silo arbeiten mußte. Die

Hitze dort ist unerträglich; der Heustaub verschließt einem die Atemwege und trocknet die Lungen aus. Hinzu kommt die Salzstreuerei. Nach jeder Fuhre wird ein Eimer voll grobkörnigen, roten Salzes über das neu eingefahrene Heu gleichmäßig verstreut, das Salz soll das Futter schmackhafter machen, und manche Bauern behaupten, bei einem Brand wirke es feuerlöschend. Ich weiß nicht, was daran wahr und was Aberglaube ist, aber ich weiß um so genauer, wie teuflisch das Salz brennt, wenn es mit den schweißverschmierten Händen ans Gesicht kommt. Die Augen kleben einem zu und tränen, die heißen Schweißtropfen laufen über die erkalteten Tränenspuren hinweg und beißen sich an den Mundwinkeln fest. Bei jedem Schluck bleibt der versalzene Speichel in der Kehle stecken und schnürt sie zu. Ich hatte diese Arbeit vor drei Jahren übernommen, als Bauer Greiffs Frau im Krankenhaus lag; aber das mache ich nicht noch einmal.

Zwei lange Tage hatte es nicht geregnet. Auch am dritten Tag hielt sich das Wetter bis in den späten Nachmittag hinein, aber dann stauten sich die Wolken im Gebirge an, wurden finster und entluden sich zu einem Wolkenbruch. Bauer Greiff und sein Sohn versuchten, die halbvolle Fuhre noch trocken ins Silo zu bringen; der Josef und ich flüchteten uns in den Geräteschuppen am Feldweg.

Während wir uns abtrockneten, sagte der Josef: Sie sind ganz schön zerstochen.

Ja, sagte ich, ich weiß auch nicht, woran das liegt. Zu mir kommen die Biester immer.

Das liegt am Blut. Sie haben süßes Blut.

Mag sein. Aber dann bin ich wohl der einzige weit und breit, dessen Blut süß ist. Von euch ist niemand so zerstochen.

Der Josef hielt mir seinen Oberarm hin und sagte: Hier,

fassen Sie einmal an. Die Haut war braun und zäh, fast wie Leder. Da stechen die Kerle nicht durch, das versuchen sie erst gar nicht, sagte er, ging an die Tür des Geräteschuppens und sah hinaus. Der Regen prasselte aufs Dach, drang durch die Ritzen der Decke, und das angestaute Wasser lief die Schuppenwände hinunter. Der lehmige Boden wurde feucht, saugte das Wasser nicht mehr ein, und schon bald standen wir in einer Wasserlache. Der Josef meinte, das sei erst der Anfang. Ich fühlte mich seltsam geborgen.
Wollen wir ein Spiel machen, fragte der Josef.
Ein Spiel? Ja, womit denn?
Mit Gedanken, sagte er.
Mit Gedanken, ach so. Und wie soll das vor sich gehen?
Sein Spiel, sagte er, heiße »Der Mensch als Eintagsfliege«, und er wolle es mir erklären. Wenn man die Spielregeln einmal begriffen habe, sei es ganz einfach.
Ich schwieg.
Also, sagte er, man müsse sich lediglich vorstellen, daß der Mensch eine Eintagsfliege sei und nur 24 Stunden zu leben habe. Wenn dieser Mensch, zum Beispiel, um drei Uhr nachts geboren werde, müsse er in der darauffolgenden Nacht um Punkt drei Uhr sterben. Das sei die erste Spielregel.
Ja, sagte ich, das habe ich kapiert.
Nun komme die zweite Regel: Diese Eintagsmenschen werden mit jeder Stunde drei Jahre älter. Also: Nach einer Stunde sind die so alt wie wir nach drei Jahren; nach zwei Stunden sind sie sechs Jahre alt, nach zehn Stunden sind sie Dreißig, nach vierundzwanzig Stunden Zweiundsiebzig. Eintagsmenschen haben somit alle die gleichen Chancen: alle leben 24 Stunden, und jeder von ihnen wird 72 Jahre alt.
Ich sah ihn an.

Das ist alles, sagte er.
Ich antwortete, es möge ja ganz interessant sein, den Menschen einmal aus der Perspektive der Eintagsfliegen zu betrachten, aber welches Spiel solle denn dabei herauskommen?
Am besten spielen wir die Sache einmal durch, sagte er. Also:
Wir kommen auf einem fernen Planeten an, steigen aus der Raumkapsel und treffen dort auf den Stamm der Eintagsmenschen. Wir stellen fest, daß es intelligente Wesen sind, mindestens so gescheit wir wir, und nachdem wir uns begrüßt haben, bringen sie uns in eine Stadt.
Er schwieg.
Gut, sagte ich, was weiter? Ich wußte nicht, worauf er hinauswollte.
Der Josef sagte: Sie hätten mich längst unterbrechen müssen. Wir würden nämlich nie und nimmer in eine Stadt kommen.
Wieso denn das nicht?
Wer 24 Stunden zu leben hat und pro Stunde drei Jahre älter wird, der kann gar nicht auf die Idee kommen, Städte zu bauen. Der baut sich auch kein Haus, sagte der Josef, nicht einmal eine Hütte. Dazu ist ihm seine Zeit zu kostbar.
Allmählich begriff ich, was es mit dem Spiel auf sich hatte, und ich sagte: Sehr wahrscheinlich tun diese Menschen überhaupt nichts.
Das glaube er nicht. Außerdem sei ihm diese Antwort zu einfallslos. Kein Mensch warte tatenlos auf seinen Tod, irgendetwas werde er in jedem Fall tun.
Aber was?
Ja, sagte der Josef, was?
Mir war klar, daß ich jetzt aufpassen mußte. Ich überlegte

einen Augenblick und sagte: Die Leute werden sehr wahrscheinlich nackt sein.
Ja, das glaube er auch.
Sie haben keine Fabriken, keine Autos, keine Radios, keine Fernseher, keine Zeitungen. Sie haben überhaupt keine Industrie, sagte ich.
Kompliment, sagte der Josef.
Heiraten werden die Eintagsmenschen nicht, oder?
Wenn man in einer Stunde um drei Jahre altert, erwiderte er, wird man sich überlegen, ob man fünf oder gar zehn Minuten dafür hergibt, sich eine Heiratsurkunde zu besorgen oder den Segen des Pfarrers einzuholen.
Das Spiel machte mir plötzlich Spaß. Würden Eintagsmenschen lesen lernen? Selbst wenn sie in einer Stunde so viel begriffen wie wir in drei Jahren: ein Buch nähmen sie schon deshalb nicht zur Hand, weil es Zeitvergeudung wäre. Kein Mensch fängt mit 40 Jahren an, ein Buch zu lesen, wenn er weiß, daß er knapp 11 Stunden später sterben muß. Ich sagte: Die Lösung ist einfach, die Leute werden leben wie die Wilden.
Das tun sie bestimmt nicht, sagte der Josef.
Und warum nicht?
Weil die sogenannten Wilden Angst haben; Angst und Furcht und Glaube und Hoffnung, genau wie wir.
Noch während ich überlegte, warum Eintagsmenschen keine Angst haben sollten, sagte der Josef: Angst hat man nur deshalb, weil man nicht weiß, wann man stirbt und was nach dem Tod kommt. Eintagsmenschen aber kennen ihre Todessekunde und wissen, daß nach dem Tod nichts kommt.
Das wissen die genauso wenig wie wir, erwiderte ich.
Doch. Die Vorstellung, nach dem Tod könne das Leben in irgendeiner Form weitergehen, habe sich nur entwickelt, weil der Mensch fähig sei, zu glauben und zu hoffen. Ein-

tagsmenschen dagegen lebten nach den Gesetzen der Naturwissenschaft: sie existierten, um zu existieren. Auf übersinnliche oder religiöse Spekulationen könnten deren Gehirne also gar nicht kommen.
Diese Argumentation verblüffte mich. Und obwohl ich den Josef nie unterschätzt hatte, war mir die Präzision seiner Gedanken nicht ganz geheuer. Zweifellos hatte er dieses Spiel schon öfter gespielt und dabei von seinen Gegnern gelernt. Aber das allein konnte es nicht sein. Oder doch? Vielleicht war meine Verwunderung nichts anderes als die überhebliche Respektlosigkeit vor der Philosophie des oft zitierten kleinen Mannes, aber gerade Landstreicher und Geschichtenerzähler sind zu allen Zeiten die besten Philosophen gewesen. Es würde mich allerdings nicht überraschen, wenn der Josef eines Tages in irgendein Dorf käme und den verdutzten Leuten berichtete, er sei einmal auf dem Planeten Soundso gewesen, habe dort die Eintagsmenschen getroffen und von denen wolle er nun mal eine wahre Begebenheit erzählen. Der Wolkenbruch war in Landregen übergegangen; im Geräteschuppen gab es kaum noch eine Stelle, an der es nicht durchregnete.
Sie sind das Spiel wohl leid, sagte der Josef.
Nein, sagte ich, durchaus nicht. Aber viel sei da doch nicht mehr herauszuholen.
Er lachte. So viel Zeit hätten wir gar nicht, meinte er, um dieses Spiel jemals zu Ende zu spielen.
Ich sagte: Gut, spielen wir weiter. Wer ist dran?
Sie.
Ich hatte herausgefunden, daß es schwierig ist, sich vorzustellen, womit Eintagsmenschen ihre Zeit zubringen; viel leichter war es zu sagen, was sie nicht tun, und ich sagte: Eintagsmenschen haben keine Schulen, keine Universitäten, keine Kirchen, keine Kunstwerke.

Wieso?
Wenn ein Eintagsmensch, sagte ich, nach der sechsten Stunde seines Lebens damit beginnt, eine Holzplastik zu schnitzen, so kann er fast sicher sein, daß er damit bis zu seinem Tod nicht fertig wird.
Das sei überhaupt kein Argument, meinte der Josef, und das lasse er nicht gelten.
Aber warum nicht? Kein Mensch schnitzt ein Leben lang an einer Holzplastik herum, wenn er von vornherein weiß, daß er nie damit fertig wird.
Doch. Er.
Wie?
Er, der Josef, würde sogar ein paar Leben damit zubringen, herumzuschnitzen. Und fertig werde der Mensch bis zu seinem Tod ohnehin nie. Nein, sagte er, die Runde gehe an ihn, und überdies gebe es viel wichtigere Spielzüge.
Ich sah das nicht ein. Wenn Eintagsmenschen keine Städte, kein Haus und nicht einmal eine Hütte bauten, weil sie das als Zeitvergeudung betrachteten, dann würden sie sich auch nicht damit abgeben, eine Holzplastik anzufertigen, sagte ich.
Doch, sagte er, das tun sie wohl. Und ein Haus könne man überhaupt nicht mit einer Holzplastik vergleichen.
Er war verärgert und wollte das Spiel abbrechen.
Was sind das denn für »wichtigere Spielzüge«, auf die ich bis jetzt nicht gekommen bin, fragte ich.
Eintagsmenschen schlafen nicht, sagte er, zumindest nicht freiwillig. Wenn sie sich zwei Stunden ausruhen, sind sechs Jahre dahin. Und weil sie nicht schlafen, haben sie auch keine Träume.
Er sagte das mit solcher Bestimmtheit, als habe er mindestens ein halbes Jahrhundert unter Eintagsmenschen gelebt. Schon aus diesem Grunde widersprach ich ihm nicht.

Diese Menschen lügen nicht, behauptete er. Sie diskutieren auch nicht. Sie beten nicht, philosophieren nicht, reden nicht, das alles kostet sinnlose Zeit. Das einzige, was Eintagsmenschen tun, ist: schweigen und lieben. Und auch unser Mann, der zeitlebens an seiner Holzplastik sitzt, wird immer nur in jenen Pausen arbeiten, die seine Hoden brauchen, um sich mit neuem Samen zu füllen. Wenn Eintagsmenschen überhaupt wissen, was ein Fluch ist, so ist ihr Fluch die Impotenz.
Ich erlaubte mir jetzt doch den Einwand, daß deren Leben somit pure Sexualität sei.
Sexualität? Eintagsmenschen wüßten gar nicht, was das ist. Sie verschwendeten nicht einen winzigen Gedanken an so perverse Unterscheidungen wie Körper und Seele, Erotik und Trieb, reine oder unreine Liebe. Warum auch, fragte der Josef, aber er fragte das so, als ob jede Antwort darauf überflüssig sei. Für ihn war der Fall klar, und aus dem Ratespiel »Wie leben Eintagsmenschen?« war längst eine neue Josefgeschichte geworden; er erzählte, und ich durfte zuhören.
Wenn ich es richtig sehe, so weiß der Josef nicht zu unterscheiden zwischen Realität und Utopie. Er hat eine simple Faustregel: Alles, was sich denken läßt, läßt sich erzählen, und weil es sich erzählen läßt, ist es Realität. Wer diese These anzweifelt, hat bei ihm verspielt, dem geht er aus dem Weg.
Ich sagte: Wenn man einmal von den 24 Stunden absieht, leben Eintagsmenschen gar nicht schlecht.
Das sei schon richtig. Aber deren Probleme, um Gottes willen, deren Probleme, die gönne er seinem ärgsten Feind nicht.
Probleme?
Ja, sagte er: Wer sich fünf Minuten lang wäscht, hat drei

Monate seines Lebens verloren. Wenn ein Mädchen sich darauf einläßt, ein Kind zu empfangen, muß es fünfzehn Minuten später gebären. Und eine Sternschnuppe hält ein Leben lang an.
Er sah mich an. Das seien doch Probleme, oder?

14

Es regnete sich ein. Die Wolken blieben schwarz, die Luft kühlte nicht ab, und der Josef sagte: Ich mach mich jetzt auf den Heimweg, gehen Sie mit?

Während wir zum Dorf zurückgingen, dachte ich an Nurmi. Das »Eintagsmenschenspiel« mußte meine Gedanken fast zwangsläufig auf Nurmi bringen; der Unterschied war lediglich der, daß die Eintagsmenschen Phantasiegebilde waren, Nurmi dagegen leibhaftig existierte. Obwohl es regnete, ließen wir uns Zeit; bis auf die Haut naß waren wir ohnehin schon.

Angenommen, ich würde dem Josef jetzt erzählen, daß ich einen Menschen kenne, der rückwärts lebt: Wie könnte der Josef darauf reagieren? Nicht viel anders als ich damals, dachte ich, und also würde der Josef fragen: Rückwärts? Wie soll ich das verstehen?

Nun, würde ich sagen, der Nurmi lebt sein Leben verkehrt herum. Man hat ihn aus seinem Sarg geholt, in ein Krankenhaus gebracht, gewartet, bis er die Augen aufmachte, und nun wird er immer jünger, vom Greis zum Mann, vom Mann zum Jüngling, vom Jüngling zum Kind, und eines Tages wird man ihn in den Mutterleib stoßen und vergessen, daß es ihn je gegeben hat.

Ich war sicher, daß der Josef antworten würde, dieser Nurmi interessiere ihn und ob der tatsächlich an den See komme.

Seit Jahren, würde ich sagen, die Leute vom See kennen ihn alle.

Aber die Leute vom See wissen natürlich nicht, daß Nurmi rückwärts lebt, und deshalb durfte ich es auch dem Josef nicht sagen. Ich hatte Nurmi versprochen, mit niemandem über sein Rückwärtsleben zu reden, und daran werde ich mich auch halten. Alles, was von der Norm abweicht, halten die Leute für verdächtig oder für verwerflich, und nicht nur die Leute vom See. Meinen Brief hatte Nurmi noch immer nicht beantwortet, obschon es mindestens 14 Tage her war, daß ich ihm geschrieben hatte. Ich konnte mir nicht erklären, was mit ihm los war.

Der Josef sagte: Gehen Sie noch mit ins Wirtshaus?

Nein, erwiderte ich, ich will mich erst einmal umziehen. Außerdem mußte ich nach meiner Katze sehen und noch etwas arbeiten.

Als ich in die Hütte kam, lag ein Zettel unter der Tür. Bauer Greiffs Frau schrieb, ein Ehepaar habe mich sprechen wollen, es warte im Wirtshaus auf mich.

Im ersten Augenblick verstand ich überhaupt nichts. Ich stutzte, las den Zettel noch einmal, überlegte, wer mich hier besuchen könnte, nein, dachte ich, das muß ein Irrtum sein, es gibt gar kein Ehepaar, das meine Seeanschrift kennt. Ich rief im Wirtshaus an.

Doch, sagte die Tochter des Wirts, die warten auf Sie, Moment.

Meine Tochter kam an den Apparat und sagte: Da staunst du, was? Wir sind auf der Durchreise nach Jugoslawien, wir kommen gleich rüber.

Aber, sagte ich, doch sie hatte den Hörer schon aufgelegt.

Ich mag solche Überrumpelungsbesuche nicht. Sie setzen voraus, daß man jederzeit bereit ist, jedermann zu empfangen, und ich bin dazu nicht bereit. Es ist vielleicht eine Marotte von mir, aber Marotte hin, Marotte her: Jeder Mensch hat ein Recht auf Alleinsein, er geht zugrunde,

wenn er sich nicht die Zeit nimmt, mit seinen Gedanken all das durchzuspielen, was ihn bewegt, beeindruckt, bedrückt, und wer das nicht tut, dessen Gehirnzellen füllen sich an mit Gerümpel und jenem unnötigen Ballast, der über Bord geworfen werden muß. Mit anderen, auch mit dem Partner, kann man die Dinge zwar bereden, bereinigen, vielleicht sogar aus der Welt schaffen; meistens aber bleibt ein Rest. Es ist jener Rest, an den sich die Gedanken klammern, und die Aufstockungen solcher Reste verhärten die Seele und prägen das Leben. Die Phrase, man müsse seine Gedanken unter Kontrolle halten, ist unmenschlich; Gedanken lassen sich nicht kontrollieren. Man hat schon viel erreicht, wenn man fähig ist, sie zu zügeln.
In der Hütte sah es mehr als unordentlich aus. Mir blieb gerade noch Zeit, mich zu waschen, als meine Tochter kam.
Sie kam allein, und ich sagte: Mit dir habe ich nun wirklich nicht gerechnet.
Sie sah sich in der Hütte um, und ich hatte den Eindruck, daß sie ihr zu primitiv war. Vor ein paar Jahren hätte ich darauf reagiert und etwa gesagt: Nun ja, großen Komfort gibt es hier nicht. Heute sage ich das nicht mehr, ich gehe darüber hinweg.
Setz dich doch, sagte ich.
Sie setzte sich in den Sessel, der meiner Katze gehört. Sie sah sich noch einmal in der Hütte um und sagte: Hier also haust du.
Bist du mit deinem Chef da, fragte ich.
Diese Frage überraschte sie nicht.
Sie sagte: Ja. Wir fahren für drei Wochen nach Petrovac. Er hat in Titograd zu tun, das kam ganz plötzlich, sonst hätte ich dir geschrieben.
Und wo ist er jetzt?

Er wartet im Wirtshaus. Wir hielten es für richtiger, wenn ich erst einmal allein komme.
Die Formulierung »Wir« störte mich, ich weiß nicht wieso.
Aber warum denn, sagte ich. Es ist doch albern, daß er im Wirtshaus sitzt und du so eine Art Vorboten spielst.
Sie kramte in ihrer Handtasche, holte eine Packung Lord heraus und zündete sich eine Zigarette an. Ich bemerkte, daß kein Aschenbecher auf dem Tisch stand, ging ins Nebenzimmer an meinen Schreibtisch, um ihr meinen Aschenbecher zu bringen, aber der war noch halb voll. Ich ging in die Abstellkammer, leerte ihn aus und sah, daß die Katze auf dem Gartenstuhl saß und schlief. Hier also bist du, sagte ich und ging zu meiner Tochter zurück.
Es sei nämlich so, sagte sie, aber sie brachte den Satz nicht zu Ende.
Es sei so, erwiderte ich, daß ihr Chef noch immer nicht geschieden sei, die Angelegenheit zögere sich länger hinaus als man habe annehmen können, und alles sei eben ein wenig kompliziert.
Sie sah mich an, als sei ich eine Art Hellseher. Hellseherei aber ist lediglich eine Mixtur aus Erfahrung und Kombination. Ich sah hinaus, es regnete noch immer.
Entweder, sagte ich, holen wir ihn nun im Wirtshaus ab oder ich rufe an, daß er herüberkommt. Wann wollt ihr denn weiter? Und seid ihr mit dem Auto da?
Der Wagen stehe vorm Wirtshaus, und sie wollten heute noch bis nach Wien.
Also rufe ihn an, sagte ich. Die Nummer ist 358.
Sie drückte die halb aufgerauchte Zigarette aus, stand auf, kam zu mir herüber, nahm meine Hand, setzte sich auf die Sessellehne, preßte meine Hand an ihre Brust, ganz so, als ob Väter vergäßen, daß die Brüste ihrer Töchter auch Brü-

ste sind, sah mich an, schluckte, drehte ihren Kopf beiseite und sagte: Das ist nämlich so, er ist ein Farbiger.
Ich sah vor mich hin. Die halb aufgerauchte Zigarette lag im Aschenbecher und qualmte weiter. Um Himmels willen, sagte ich.
Meine Tochter sprang abrupt auf. Ich begriff nicht, was plötzlich los war. Um Himmels willen, um Himmels willen, sagte sie. Ist das alles, was du zu sagen hast? Aber du bist damit in guter Gesellschaft. Das ist die typische Reaktion. Da kommt man hierher, will seinem Vater den Mann vorstellen, den man liebt, und was sagt der? Der sagt: »Um Himmels willen.« Hättest du auch »um Himmels willen« gesagt, wenn mein zukünftiger Mann eine Fabrik hätte oder Oberleutnant bei der Bundeswehr wäre? Du hättest es nicht gesagt. Du hättest gefragt: Wie sieht er denn aus? Ist er nett? Kann er eine Familie ernähren? Hat er dich auch wirklich gern? Wann wollt ihr denn heiraten? All das hättest du gefragt. Aber du sagst: »Um Himmels willen.« Und wenn ich mit einem Hilfsarbeiter oder einem Landstreicher dahergekommen wäre, dann hättest du zwar Bedenken gehabt, du hättest gesagt, ob das auch der Richtige für mich sei, ich solle mir das gut überlegen, die erste Liebe sei vergänglich oder sonst irgendeinen Quatsch. Das hättest du gesagt.
Ich merkte, wie ihre Tränen darauf warteten, daß sich ihr Schreikrampf abreagierte. Ich stand auf, sagte: Bitte, und ich wollte sie umarmen.
Sie stieß mich fort und schrie: Laß das! Ich brauche deinen Rat nicht. Deinen Rat nicht, deine Hilfe nicht, dein Verständnis nicht, nichts. Ich brauche ihn, und er braucht mich, und das genügt uns. Verstehst du das überhaupt? Hast du jemals gewußt, wie das ist, wenn einem jede Minute sinnlos vorkommt, die man nicht zusammen ist? Du, du hast es dir einfach gemacht. Du hast dich scheiden lassen und lebst

jetzt an diesem gottverlassenen See und haust in dieser Bruchbude.
Meinst du, sagte ich, aber sie ließ mich nicht zu Wort kommen. Sie erregte sich immer mehr und brüllte mich an: Was du meinst, ist mir egal, scheißegal, sagte sie, setzte sich in den Sessel, nahm ihren Kopf in beide Hände und weinte. Ich wußte nicht, was ich tun sollte. Ich hätte zu ihr gehen können, ihre Hände nehmen können, ihr etwas sagen können, sie trösten können, aber ich ließ es. Sie sollte sich ausweinen.
Irgendwann später sagte ich: Was eigentlich habe ich dir getan? Im ersten Augenblick war ich überrascht, und ich habe lediglich »Um Himmels willen« gesagt. Sonst nichts, sagte ich.
Sie saß im Sessel und gab keine Antwort.
In Köln, sagte ich, hast du mit keinem Wort erwähnt, daß er ein Neger ist.
Sie riß ihren Kopf hoch, starrte mich an und sagte: Ich kann das Wort »Neger« nicht mehr hören!
Sie sagte das gefährlich leise.
Entschuldige, sagte ich.
Aber ich habe es ja gewußt, sagte sie. Ich wäre gar nicht auf den Gedanken gekommen, dich zu besuchen. Ich nicht. Wozu auch? Aber er, er meinte, das könnten wir nicht machen. Das gehöre sich nicht. Du mußt mich doch, sagte er, deinem Vater vorstellen. Er soll seinen Willen haben, bitte. Wie war die Nummer von dem Wirtshaus? Soll ich den »Neger« kommen lassen? Ist er jetzt erwünscht?
So nicht, sagte ich. Ich habe dir nichts getan. Und wenn dir das Wort »Neger« weh getan hat, dann nehme ich es zurück. Ich habe mir nichts dabei gedacht.
Nichts dabei gedacht! Wann denkt ihr euch überhaupt was? Ihr schleppt eure Vorurteile mit euch herum wie

klebrige Kletten. Ihr kloppt eure Sprüche ab, darin seid ihr großartig. Aber wenn es euch dann selber trifft, guckt ihr blöde aus der Wäsche, dann habt ihr das nicht so gemeint, dann sagt ihr: Ich habe ja nichts gegen Neger, überhaupt nichts, um Himmels willen nichts, aber daß ausgerechnet die eigene Tochter mit einem Neger daherkommen muß, nein, das geht euch denn doch zu weit, irgendwo muß Schluß sein, nicht wahr?
Jetzt konnte ich mich auch nicht mehr beherrschen und schrie zurück: Wen meinst du eigentlich mit »ihr«? Glaubst du, ich lasse mir das gefallen? Ich bin nicht »ihr«! Ich lebe mein Leben wie du deines. Was bloß habe ich dir getan? Ich kenne den Mann nicht, also kann ich mir kein Urteil über ihn erlauben. Und wenn du hergekommen bist, um mich zu beschimpfen, dann hast du dich verrechnet. Dann zieh wieder ab mit ihm, ob nun nach Jugoslawien oder in den Busch oder zu den Hottentotten. Du kannst mir mit deinem Neger gestohlen bleiben!
Ich hatte den letzten Satz kaum heraus, da tat er mir schon leid. Ich ging zu ihr, zog sie an mich und strich ihr über die Haare. Sie wehrte sich nicht. Noch immer weinte sie.
Nach ein paar Minuten sagte ich: Was ist nun, soll ich ihn anrufen?
Gleich, sagte sie.
Wir schwiegen.
Manchmal ist es furchtbar schwer, sagte sie, im Lokal starren einen die Leute an. Im Hotel ist die erste Frage: »Darf ich Ihren Paß sehen?« Die Hausbewohner stehen hinter den Gardinen und kontrollieren, wann der »Neger« kommt und wann er wieder geht. Im Büro reden sie hinter meinem Rücken und sagen: Die treibt es mit dem nur, weil er ihr Chef ist. Auf jeder Party nimmt mich jedes zweite Mädchen beiseite und sagt: »Wie ist der denn? So im Bett, mei-

ne ich. Können Neger es wirklich länger?« Und jeder Satz, den man hört, fängt an: »Ich habe ja nichts gegen Neger, aber . . .«
Ich dachte, das sei ein Generationsproblem, sagte ich.
Nein. Die Alten haben es mit der Moral, die Jungen mit ihrer Scheißsexualität.
Ich sah sie an. Er durfte nicht merken, daß sie geweint hatte, so viel war mir klar. Am besten gehe ich ihn holen, sagte ich, das Waschbecken ist nebenan.
Der Regen hatte nachgelassen. Ich war noch immer in Hemd und Arbeitshose, genau so, wie ich vom Feld gekommen war. Vor dem Wirtshaus stand ein gelber BMW. Der »Neger« saß allein in der Gaststube.
Er freue sich, sagte er, mich kennenzulernen. Er war nicht sehr groß, aber überaus schlank und drahtig. Seine Hände waren schmal, fast feminin.
Meine Tochter ist in der Hütte geblieben, sagte ich, sie wartet auf uns. Am besten gehen wir gleich hinüber.
Unterwegs hielt er mich an. Er wolle mir nur sagen, sagte er, daß es ihm mit meiner Tochter ernst sei. Seine Frau habe in die Scheidung eingewilligt und sei bereits zurück nach Amerika. Anfang November, rechne er, könne die Hochzeit sein.
Und Sie bleiben in Deutschland?
Vorerst ja.
Der Lehrer war im Garten und grüßte uns.
Als wir in die Hütte kamen, hatte meine Tochter ein paar Brote hergerichtet, Bier auf den Tisch gestellt und eine Kerze angezündet. Ich habe so getan, sagte sie, als sei ich hier zu Hause. Einen Schnaps hast du wohl nicht?
Doch, sagte ich. Sie lachte und sah aus, als habe sie jahrelang nicht mehr geweint. Mir fiel ein, daß Tränen bei älteren Menschen fester eintrocknen.

Die Katze kam und wollte hinaus.
Ich schenkte uns je einen Steinhäger ein, wir tranken. Meine Tochter sah mich an und sagte: Entschuldige, ich hab mich dumm benommen. Aber manchmal bin ich eben am Ende.
Was ist denn gewesen, fragte der »Neger«.
Ach nichts, sagte sie, faßte ihn an beiden Ohren und schüttelte seinen Kopf hin und her. Du bist an allem schuld, sagte sie.
Ich?
Ja, du.
Gut, sagte er, wenn du dabei lachst, bin ich eben an allem schuld.
Während wir die Brote aßen, sagte er zu ihr: Wir müssen noch einmal herkommen, wenn besseres Wetter ist. Dann ist es sicher sehr schön hier.
Ich sagte: Ihr habt wirklich einen schlechten Tag erwischt.
Und Sie wollen nicht mehr nach Köln zurück, fragte er.
Nein. Wenn alles gut geht, bleibe ich am See.
Aber zur Hochzeit müssen Sie kommen.
Ja, sicher.
Mutter meinte, sie komme bestimmt, sagte meine Tochter.
Dann sähen wir uns ja alle mal wieder.
Später, als sie sich verabschiedeten, sagte meine Tochter zu ihm: Geh schon voraus, ich komme gleich nach. Er gab mir die Hand, lachte mich an und sagte: Also spätestens im November.
Sie sagte: Das alles tut mir leid, wirklich.
Ja, sagte ich, schon gut.
Ich ging zurück in die Hütte und räumte den Tisch ab. In der Steinhägerflasche war noch ein kleiner Rest, den trank ich aus.

15

Jetzt bin ich in der Situation, daß ich beim Anblick eines Negers nach wie vor denke: »Das ist ein Neger.« Ich werde es aber nie mehr sagen. – Jede wesentliche Frage, die sich stellt, ist eine Frage nach Freiheit. Jede wahrhaftige Antwort, die sich geben läßt, schränkt diese Freiheit wieder ein. – Als ich in Köln war, half ich einem Blinden, die Straße überqueren. Der Blinde bedankte sich. Ich sagte: »Keine Ursache, auf Wiedersehen.« – Jede Einsicht, die nicht existent wird, vergeudet Leben. – Was ist verlogener: Gott zu leugnen oder ihn beweisen zu wollen? – Einer meiner Klassenkameraden war verwachsen, er hatte einen Buckel. Eines Tages sagte der Studienrat zu ihm: »Aus dir wird nie etwas.« Als ich den so Getadelten zwanzig Jahre später wiedertraf, war er gerade Oberstudienrat geworden. – Nach 26 jähriger Ehe sagte der Mann zu seiner Frau: »Also gut, beenden wir das Kapitel.« Er ging und hat sie seitdem nicht mehr gesehen. Sie ist inzwischen gestorben. Er weiß es noch nicht. – In der Zeitung lese ich: »Statt Karten. Wir bitten alle, die in irgendeiner Weise ihr Beileid bekundet haben, auf diesem Wege unseren aufrichtigen Dank in einem herzlichen ›Vergelt's Gott‹ entgegenzunehmen. Zugleich bitten wir, unseren lieben Toten im Gebet nicht zu vergessen und unserem Unternehmen weiterhin die Treue zu halten.« – Es ist nicht deshalb wahr, weil es sich begreifen läßt. – Wenn geben seliger als nehmen ist, kommen Verhungerte schwerer in den Himmel. – Als ich in Köln war, besuchte ich das Grab meiner Mutter. Ich sage: ›be-

suchte‹, aber ich weiß nicht, ob sich Tote besuchen lassen. Der Friedhofsweg war naß, die Pfützen sahen aus wie schwarze Spiegel. Die Bäume hatten verkrüppelte Äste, und ich hatte Angst, laut zu denken. Ich stand vor dem Grab und rechnete mir aus, ganz genau aus, wo Mutter liegt. Es muß kalt sein da unten und viel zu eng. Als ich gehen wollte, gehorchten mir die Beine nicht. Ich blieb stehen. Ich legte mich neben Mutter, das Grab war viel zu eng. Wir unterhielten uns, und sie fragte mich, was ich so mache und ob ich meine Hemden immer sauber halte. Nach einer halben Stunde sagte ich: Es wird jetzt Zeit für mich, doch Mutter sagte: Bleib noch. Aber ich habe immer etwas zu tun. Ich muß in die Firma oder ins Kino oder lesen oder zum Zug. Mutter sagt: Bleib doch. Ich muß ihr das immer ausreden. Aber wenn sie sagt: Bleib doch, und ich will es ihr ausreden, habe ich noch heute ein schlechtes Gewissen.
– Auf einem zweitausend Jahre alten Stein entdeckte der Archäologe S. ein paar eingekratzte Schriftzeichen. Er wischte den Staub ab und entzifferte sie; auf dem Stein steht: »Warum bist du gestern nicht gekommen?« – Ich sitze in meiner Hütte und streichle die Katze. Sie schweigt, ich schweige, aber wir schweigen getrennt.

16

Die in Köln kommen nicht von der Stelle. Meine ehemalige Sekretärin hatte angerufen und mir berichtet, daß es in der Firma drunter und drüber ginge und kaum ein Mensch wisse, was nun werden sollte. Der Inhaber schicke nur noch seine Rechtsanwälte, der Direktor werde erst informiert, wenn die Beratungsergebnisse so gut wie perfekt seien, und im Betrieb hätten sich mindestens zehn Interessengruppen gebildet, die permanent tagten. Die diskutieren sich noch zu Tode, sagte sie.
Und wie verhalten sich die Amerikaner?
Die seien mehr als reserviert, sagte sie. Natürlich wüßten sie, daß sie am längeren Hebel säßen und die Zeit für sie arbeite. Aber das ständige Hin und Her: heute dieses Gerücht, morgen jenes, übermorgen eine ganz andere Version oder eine Mixtur aus den Gerüchten vom Vortage, nein, mal fühle sich der eine obenauf, mal der andere, jeder wisse etwas Neues, niemand Bestimmtes, alle täten so, als ginge es ihnen um die Sache, aber im Grunde denke jeder nur an sich und an seinen Vorteil. Das kann einem schon an die Nieren gehen, sagte sie.
Und was ist mit mir, fragte ich.
Das wisse sie nicht, von mir sei nie die Rede gewesen, und ihrer Ansicht nach täte ich gut daran, nicht aufzufallen. Es sei denn, ich wollte ins Konstruktionsbüro zurück.
Nein, das wollte ich nicht.
Plötzlich war die Katze krank. Ich hatte das zunächst nicht ernst genommen. Als sie in die Hütte kam, sagte ich: Was

ist denn mit dir los? Seit wann kommst du einmal pünktlich nach Hause?
Sie gab keine Antwort, legte sich in ihren Sessel, und als ich zu ihr hinüberblickte, sah sie mich wehleidig an. Ich war mir nicht sicher, ob sie nur Theater spielte und sagte: Ist was?
Natürlich, sagte sie. Natürlich ist was.
Tut dir etwas weh?
Sie habe Schmerzen im Magen, könne nicht schlucken, das Atmen tue ihr weh, ihre Augen tränten, die Brust presse sich ihr zusammen, und außerdem habe sie Kopfschmerzen und Ohrensausen.
So viele Krankheiten auf einmal gibt es gar nicht, sagte ich.
Das habe sie sich denken können, sagte sie. Sie war beleidigt.
Was hast du dir denken können?
Nichts, sagte sie.
Wenn es dir überall weh tut, erwiderte ich, weiß ich nicht, wo ich anfangen soll. Und überhaupt: du lehnst es doch ab, Tabletten zu schlucken, wie soll ich dir da helfen?
Sie schwieg.
Ich ging zu ihr hinüber und sah ihr in die Augen. Als ich sie streicheln wollte und dabei ihren Bauch berührte, zuckte sie zusammen und stöhnte.
Also da tut's weh, sagte ich.
Auch.
Du hast Magenschmerzen, das ist alles.
Nein, nein, meinte sie, sie habe bestimmt etwas ganz Schlimmes.
Was, zum Beispiel?
Eine Bauchfellentzündung oder Magengeschwüre, vielleicht sogar die Schwindsucht.

Wirklich ein Wunder, daß du noch lebst, sagte ich.
Sie nahm diese ironische Bemerkung todernst und sagte, das glaube sie auch.
Katzen sind entweder quicklebendig oder sterbenskrank. Zwischen diesen beiden Extremen pendeln sie ihr Leben aus. Ich sagte: Also gut, ich mach dir jetzt heiße Milch mit Honig und verrühre dir eine Tablette darin. Wenn du das getrunken hast, sehen wir weiter.
Sie sah mich an und sagte nichts.
Als die Milch zu kochen anfing, sagte sie: Etwas anderes hilft wohl nicht?
Nein.
Ich gab zwei Löffel voll Honig in die Milch und eine halbe Chinin-Tablette. Die Katze wendete sich ab; sie konnte nicht mitansehen, was ich ihr da zusammenbraute. Ich wartete, bis die Milch lauwarm war, goß sie in den Katzenteller und sagte: So, das tut Wunder.
Sie rührte sich nicht.
Was ist, fragte ich, bist du nun krank oder nicht?
Vielleicht genüge es, wenn sie nur einen Schluck nehme, sagte sie, und wenn es dann nicht besser werde, könne sie den Rest ja immer noch trinken.
Das nützt überhaupt nichts, antwortete ich. Aber ich merke schon, daß es mit deiner Krankheit nicht weit her ist. Also lassen wir es.
Ich wollte ihr den Teller wieder fortnehmen.
Nein, sagte sie, aber hilft es auch wirklich?
Es hilft, sagte ich.
Sie hielt die Nase über den Teller, schnupperte, tauchte ihre Zunge in die Milch, schüttelte sich und sah mich wieder an. Wenn man ihrem Blick trauen durfte, mußte sie jeden Augenblick sterben.
Ich mag nicht, sagte sie.

Ich überlegte. Vielleicht war sie wirklich krank. Ich glaubte es nicht, aber ich wollte mir später auch keine Vorwürfe machen müssen. Also gut, sagte ich, ich rufe jetzt den Arzt an.
Was hat sie denn, fragte ich den Arzt. Der sagte, er sei sich noch nicht sicher. Er schaute ihr in den Rachen, nickte, stopfte ihr zwei Teelöffel voll Salz in den Mund, preßte ihr die Kiefer zusammen und wartete, bis sie sich erbrach. Es fiel mir schwer, die Prozedur mitanzusehen.
Darf ich mir irgendwo die Hände waschen, fragte der Arzt.
Wir gingen nach nebenan, und er sagte: Ich kann Ihnen nicht viel Hoffnung machen.
Ist es so schlimm?
Ich tippe auf Strychnin-Vergiftung, sagte er.
Ich kannte den Arzt nicht, er war neu am See. Die Bauern verlassen sich nach wie vor auf unseren Heilpraktiker; der kennt die Ställe, das Vieh, die Menschen, und außerdem ist er billiger und läßt mit sich handeln. Ich aber wollte für meine Katze einen richtigen Arzt und keinen Viehtherapeuten.
Warum sehen Sie mich denn so an, fragte ich.
Er sagte: Sie nehmen mir das nicht übel, hoffe ich. Aber mit Strychnin werden in 95 % aller Fälle Katzen vorsätzlich umgebracht.
So, sagte ich.
Haben Sie einen Verdacht?
Überhaupt keinen. Am ganzen See gibt es niemanden, der etwas gegen meine Katze hätte.
Na denn, sagte er. Ich lasse Ihnen Aspirin hier. Geben Sie ihr erst eine halbe Tablette und nach zehn Minuten noch eine. Ich nehme an, daß die Krämpfe dann nachlassen. Wenn nicht, geben Sie ihr eine ganze Tablette. Bis zu drei kann sie vertragen.

Gut, sagte ich.
Der Arzt wollte gerade gehen, als Bauer Greiffs Sohn hereinkam. Was ist denn los, fragte er. Warum ist denn der Tierarzt hier? Was hast du mit der Katze gemacht?
Sie ist krank, sagte ich, sie hat sich vergiftet.
Vergiftet? Er sah erst mich an, dann den Arzt, dann die Katze, dann wieder mich, seine Augen wurden feucht vor Wut, er schluckte, preßte die Lippen aufeinander, rief: Wer hat sie denn vergiftet? Und als er keine Antwort bekam, ging er auf mich zu, blickte zu mir hoch, die Tränen liefen ihm die Wangen hinunter und er sagte: Du hast sie ja von Anfang an nicht leiden können!
Wie kannst du nur so etwas behaupten, sagte ich. Ich wollte ihm über den Kopf streicheln.
Laß das, sagte er, ging ins Nebenzimmer, hockte sich vor die Katze und sah sie unentwegt an. Noch immer hatte sie ihre Krämpfe, und manchmal streckte sie die Beine von sich und lag da wie erstarrt, wie erfroren, wie tot.
Machen Sie alles genauso, wie ich es Ihnen gesagt habe, sagte der Arzt. Er ging zu seinem Auto, und ich sagte: Hoffentlich hilft es.
Versprechen Sie sich nicht zuviel, erwiderte er.
In der Hütte lag die Katze auf ihrem Sessel, und Bauer Greiffs Sohn starrte sie unentwegt an. Wie konntest du nur so etwas behaupten, sagte ich noch einmal.
Er gab keine Antwort, wollte den Kopf der Katze in beide Hände nehmen, doch im selben Augenblick zuckte sie zusammen und bekam wieder ihre Krämpfe. Ich halbierte die Aspirin-Tablette, ging zu meinem Schreibtisch, zerstampfte sie mit dem Pfeifenreiniger zu Pulver, kratzte das Pulver zusammen, feuchtete es mit Spucke an, strich den Brei über meinen Zeigefinger, ging zur Katze, nahm ihren Kopf, preßte ihr die Kiefer auseinander und stopfte den Zeige-

finger in ihren Mund. Ich beobachtete, wie sie zu würgen anfing. Aber ich hielt ihr den Mund zu.
Bauer Greiffs Sohn sagte: Sie mag nicht.
Sie muß aber, sagte ich.
Die Katze lag da, als sei sie tot. Aber ihr Bauch bewegte sich, also atmete sie, also war sie nicht tot, noch nicht tot, wer weiß, ich konnte nichts tun.
Solche Augenblicke muß man erfahren haben. Solange man helfen kann, ist alles halb so schlimm. Selbst das Gefühl, beschäftigt zu sein, macht den fremden Tod erträglicher. Die schlimmsten Tode sind jene, wo der eine stirbt und der andere ihn nicht sterben läßt. Die letzte, die ausweglose Umarmung beschleunigt das Sterben, sie erstickt das Leben, und Tränen machen dem Tod nichts aus, er verachtet sie. Wer hilflos und tatenlos zusieht, ermuntert den Tod, aber ich bin mir nicht sicher, ob er auf pure Geschäftigkeit hereinfällt. Alles muß seinen Sinn haben, denke ich, und wenn man durch Zufall sterben kann, so lebt man vom Zufall, liebt durch Zufall und entdeckt zufällig seinen See. Ich sträube mich gegen solche Theorien. Ich will keine Hierarchie von Gott abwärts. Ich will Ordnung, und innerhalb dieser Ordnung meine winzige Freiheit. Meine Freiheit sagt mir, daß ich am See leben will und nicht in Köln. Das ist für mich in Ordnung. In Ordnung ist auch, daß man stirbt, aber warum? Und wann? Und wie? Vor allem: Wer übernimmt die Verantwortung? Für jede Geburt ist der Mensch verantwortlich. Wer ist für jeden Tod verantwortlich? Gott? Wie verantwortet er den denn? Und wenn er ihn tatsächlich verantwortet, warum läßt er uns nicht wissen, was nach dem Tod ist? Man betet, er sei der Vater im Himmel. Vater hin, Vater her: mir fehlt noch immer meine Mutter. Und der Himmel, wo ist das? Über den Wolken, hinter den Sternen? Warum hockt der liebe Gott ausgerech-

net so unendlich weit weg? Ich hätte ihn gern näher bei mir. Sein Name werde geheiligt, sagt man; bitteschön, ich will daran nicht herummäkeln. Und wenn ich wüßte, was sein Reich bewirkte, würde ich es getrost kommen lassen. Sein Wille geschehe. Auch gut; aber setzt er seinen Willen auch durch? Brot? Brot gibt er nicht, schon gar nicht täglich. Und ob er uns die Schuld vergibt, das weiß allenfalls der Himmel, und der weiß es auch nur dann, wenn es ihn wirklich gibt. Eines ist klar: Wir vergeben unseren Schuldigern nicht, wir rechnen mit ihnen ab, ob wir wollen oder nicht. Wenn er uns in Versuchung führte, wäre er kein Gott, und wenn er uns nicht vom sogenannten Übel erlöste, bräuchten wir ihn überhaupt nicht.
Bauer Greiffs Sohn sagte: Sie stirbt. Bestimmt, sagte er, die Katze stirbt.
Die Katze schlief. Zumindest sah es so aus. Ich werde ihr jetzt eine ganze Tablette geben, sagte ich.
Ich ging wieder nach nebenan, nahm eine neue Aspirin-Tablette, zerstampfte sie zu Pulver, spuckte darauf, verrieb sie zu Brei, klebte den Brei an meinen Zeigefinger, schob ihn der Katze in den Rachen und wartete, bis sie alles hinuntergewürgt hatte.
Du bringst sie noch um, sagte Bauer Greiffs Sohn.
Ich gab ihm keine Antwort. Ich dachte daran, was der Arzt mir gesagt hatte, und darauf verließ ich mich. Es überraschte mich allerdings, mit wieviel gelassener Distanz ich die Katze quälte. Ich hatte meine Anweisungen. Ich wußte nicht, ob ihr Leben mit Aspirin zu retten war, aber ich verließ mich darauf, weil der Arzt es so angeordnet hatte. Aber ein Arzt ist austauschbar, und es gibt andere Mittel als Aspirin; was dem einen guttut, macht den anderen noch kränker, wer stirbt, stirbt, aber er darf doch nicht deshalb sterben, weil er den falschen Arzt hatte oder das unwirk-

samere Medikament. Sehr wahrscheinlich stirbt man aber daran.
Die Katze legte sich auf den Rücken, streckte sich und erstarrte plötzlich. Bauer Greiffs Sohn wollte sie wachrütteln, rieb ihr die Pfoten warm, küßte die Katze, nichts half. Ich rief den Arzt an.
Das sei normal, sagte der. Und mehr als das: Etwas Besseres hätte nicht passieren können.
Aber sie hat das Bewußtsein verloren, erwiderte ich.
Natürlich, sagte der Arzt, das Aspirin wirkt.
Sind Sie sicher?
Ziemlich.
Ich legte meine Wolldecke über die Katze und sah sie an. Sie schlief. Vielleicht war sie nur eingeschlafen. Aber manch einer schläft auch ewig weiter.
Bauer Greiffs Sohn sagte: Hast du sie wirklich nicht loswerden wollen?
Nein, sagte ich. Natürlich nicht.

17

Zwei Tage später war alles überstanden. Die Katze saß auf der Bank vor der Hütte, sonnte und putzte sich, und als ich sie fragte, ob sie wirklich keine Schmerzen mehr habe, erwiderte sie, ihre Krankheit sei doch nicht der Rede wert gewesen, nein, sagte sie, die Sonne scheint, und hast du jetzt Zeit für mich?
Im Nachhinein tut es mir immer wieder leid und auch weh, daß ich meine Gefühle nicht zeigen kann. Ich denke, daß Zärtlichkeit ihren Wert verliert, wenn man sie preisgibt. Die Seele läßt sich nicht streicheln. Aber woher soll die Katze wissen, daß ich sie streicheln möchte, zumal ich schroff zu ihr bin, um dadurch meinen Wunsch nach Zärtlichkeit von vornherein zu unterdrücken? Sie hätte sterben können, denke ich, und ich denke, was dann wohl aus mir geworden wäre. Es macht mir nicht viel aus, allein zu sein, aber die Katze nimmt mir meine Einsamkeit. Ich sagte: Gott sei Dank, daß alles vorbei ist.
Wir könnten hinunter zum See gehen und miteinander spielen, meinte sie.
Ich weiß nicht mehr, ob ich mir damals die Zeit dazu genommen hatte. Noch während ihrer Krankheit nämlich hatte mein Überlinger Bekannter angerufen; er wolle mich einmal besuchen, hatte er gesagt, ich hätte doch eine Hütte am See, er bringe seine Frau mit, und wie denn das Wetter hier sei.
Er tat so, als müsse es für mich eine Ehre sein, daß er mich besucht. In Wahrheit war er mir lästig; ich aber dachte na-

türlich an die zu bauende Kläranlage und daran, daß er mir nützlich sein könnte, und Nützlichkeit ist meist wichtiger als Wahrheit. Kaum jemand kann es sich leisten, immer nur das zu tun, was er gerade möchte, jedermann lebt lavierend zwischen permanent wechselnden Abhängigkeiten.
Er sah sich in der Hütte um, nickte, ging zum See, fragte, ob ich ein Boot besitze, nein, sagte ich, und seine Frau meinte, es sei zwar etwas primitiv, aber Urlaub könnte man hier schon machen.
Ich schluckte das hinunter.
Am Abend saßen wir vor der Hütte, tranken Wein, rauchten, redeten vom vergangenen Wirtschaftswunder, von der Politik ganz allgemein und von den Linksradikalen, und als es immer später wurde, sagte ich: Was ist denn nun mit der Kläranlage? Hast du etwas für mich tun können?
Müßt ihr denn immer vom Geschäftlichen reden, sagte seine Frau.
Ach, sagte er, die Kläranlage! Du meinst, ob ich dir den Auftrag verschaffen kann?
Ja, sagte ich.
Das sei nach wie vor in der Schwebe, die Stadt habe immense Sorgen, mein Gott, sagte er, trank, prostete mir zu, nein wirklich, für mich sei das vielleicht ein Problem, bestimmt sogar, das verstehe er auch, aber: Wollen wir uns diesen Abend doch nicht damit verderben! Den müssen wir genießen, sagte er, mit Wein und mit guter Laune und mal ganz ohne Geschäfte.
Für mich ist es eine Existenzfrage, sagte ich.
Schon, antwortete er, trank, doch vielleicht redeten wir besser morgen früh darüber, nicht wahr, und es gefalle ihm bei mir am See, das müsse er schon sagen.
Ich ließ mich damit nicht abfinden. Ich sagte: Es gibt doch

nur zwei Möglichkeiten. Entweder wird die Kläranlage gebaut, oder sie wird nicht gebaut. Wenn sie nicht gebaut wird, ist der Fall erledigt. Soll sie aber gebaut werden, so frage ich dich, ob dein Einfluß so groß ist, daß du mir den Auftrag verschaffen kannst.
Seine Frau sagte: Mein Mann ist ja so überlastet, wissen Sie. Ich habe fast nichts mehr von ihm.
Du weißt, sagte er zu mir, daß solche Geschäfte nicht unter der Hand gemacht werden. Der Auftrag muß öffentlich ausgeschrieben werden. Er trank den Wein wie Wasser; ich ging in die Hütte und holte die dritte Flasche.
Öffentliche Auschreibungen, sagte ich, sind in 90 % aller Fälle nichts als eine Farce. Das weißt du genauso gut wie ich.
Immerhin, sie müssen gemacht werden.
Seine Frau sagte, am liebsten würde sie jetzt schwimmen gehen. Aber sie habe ja keinen Badeanzug dabei, leider.
Ihr Mann fand diese Bemerkung komisch. Menschenskind, sagte er, lachte, trank sein Glas in einem Zug leer, nein so etwas, sagte er, natürlich stichst du in See, wir sind doch keine Kinder mehr, los, komm, zieh dich aus, und dann rein ins Vergnügen, wir werden dir schon nichts abgucken, was? Er sah mich an, lachte, schob mir sein leeres Glas wieder herüber, und ich schenkte ihm wieder ein.
Seine Frau wurde verlegen, versuchte zu lächeln, sah mich mit einem kurzen, gierigen Blick an, nein, sagte sie dann, das geht wirklich nicht, war ja auch nur eine Schnapsidee.
Nun stell dich nicht so an, sagte er. Im übrigen ist es fast so dunkel, daß man ohnehin nichts mehr sieht.
Meint ihr wirklich, fragte sie. Sie zierte sich weiter.
Mein Gott, sagte er, was soll nun dieses Getue!
Eigentlich, sagte sie, sei ja auch nicht viel dabei, wirklich nicht, stand auf, schüttelte den Kopf, als verstehe sie sich

selbst nicht mehr, und als sie hinter die Hecke ging, um sich auszuziehen, merkte ich, daß sie etwas schwankte und leicht beschwipst war. Ihre Brüste waren breit, prall, übermächtig, aber sie hingen nicht herab. Ihre Hüften konnte ich nicht sehen. Ihre Oberschenkel waren dick und fleischig, und dennoch dachte ich, daß sie in ihrer Nacktheit nicht so unproportioniert aussah wie angezogen. Sie hielt die Hände vor ihre Brüste, blickte über die Hecke und sagte: Warum redet ihr denn nicht weiter? Dann lief sie hinunter zum Ufer, watete ins Wasser, und als sie bis zum Bauchnabel im See war, drehte sie sich um, winkte uns zu, rief: Herrlich, und als wir keine Antwort gaben, sagte sie: Kommt doch auch! Es ist wirklich herrlich.
Nein, nein, rief mein Überlinger Bekannter zurück, laß uns nur in Ruhe, wir trinken auf dein Wohl.
Und Sie, fragte sie. Wollen Sie auch nicht mit mir kommen?
Wenn du willst, sagte er zu mir, bitte, geniere dich nicht, ich bin da nicht zimperlich.
Ich dachte: so also ist das. Ich hätte jetzt mit ihr baden können, wir hätten unseren Spaß gehabt, und wenn wir zurückgekommen wären, hätte er gelacht, sein Glas leer getrunken und gefragt: Na, wie war's denn? Hat es sich gelohnt? Nein, dachte ich, so nicht. Ich hatte keine moralischen Bedenken, vor denen schon gar nicht, es war mir einfach zu kleinkariert.
Was ist nun, rief sie.
Er sagte: Du findest heute keine Gegenliebe. Wir trinken lieber noch eine Flasche leer. Sie drehte sich abrupt um und schwamm hinaus. Ich ging in die Hütte, holte die nächste Flasche, öffnete sie, und als ich den Korken in den Papierkorb werfen wollte, kam die Katze nach Hause. Sie sah mich weder an noch sagte sie ein Wort. Was hast du denn, fragte

ich, aber sie reagierte nicht darauf, ging zu ihrem Sessel, legte sich hin und tat so, als wolle sie schlafen. Ich kann auch nichts für diesen Besuch, sagte ich und ging hinaus. Ich war verärgert.
Mein Überlinger Bekannter war eingeschlafen. Er saß auf der Bank, hatte die Hände über seinen Bauch gefaltet, sein Mund war offen, das Kinn lag auf der Brust, er war betrunken. Ich wußte nicht recht, was ich tun sollte, schenkte mir ein, sah hinaus auf den See, aber ich konnte seine Frau weder sehen noch hören. Ich hatte im Gasthof ein Doppelzimmer bestellt, und ich überlegte, wie ich die beiden wohl loswerden würde. Ich trank.
Sie kam zurück und stellte sich hinter die Hecke. Einfach herrlich, sagte sie.
Ich trank.
Was ist denn mit meinem Mann, fragte sie.
Er schläft, sagte ich.
Der sei bestimmt nur betrunken, das kenne sie. Sie beugte sich über die Hecke, rieb das Seewasser von ihren Brüsten, sagte: Und Sie leben so ganz ohne Frau hier?
Ja, sagte ich, ich bin geschieden.
Sind Sie immer so abweisend?
Ich bin nicht abweisend, sagte ich.
Natürlich sind Sie das. Oder gefalle ich Ihnen nicht?
Ich stand auf, sah hinüber zu ihrem Mann, der schlief. Sie schob die Heckensträucher beiseite, kam auf mich zu, umarmte mich und wollte mir einen Kuß geben. Ich weiß nicht mehr genau, was ich in diesen Sekunden gedacht habe. Ich fühlte mich überrumpelt, und ich habe noch heute die zweifellos altmodische Vorstellung, daß der Mann aggressiv werden sollte. Ich hatte sie in meinen Armen, sie war nackt und naß, und als sie sich dichter an mich preßte, fiel mir plötzlich ein, daß vielleicht sie mir zu dem Überlinger

Auftrag verhelfen könne. Ich legte meinen Arm um ihren Hals und ich merkte, daß sie mich ins Gras ziehen wollte. In diesem Augenblick hörte ich das kurze schnarchende Schlucken ihres Mannes, drehte mich um und sah, wie er seine Beine auf die Hüttenbank legte. Der merkt nichts, sagte sie, der ist längst hinüber. Jetzt zog sie meinen Kopf zu sich herunter und wollte mir einen Kuß geben. Ich mochte ihren Mund nicht. Mag sein, daß mich ihr Körper erregte, ihre Brüste, ihr Fleisch, aber einen Mund, denke ich, küßt man nur, wenn man liebt. Sie merkte das, ließ mich los, drehte sich um und ging wieder hinter die Hecke. Hast du vielleicht ein Handtuch für mich, fragte sie.
Natürlich, sagte ich und ging in die Hütte. Die Katze lag in ihrem Sessel, wurde wach, sah mich mit einem Auge an und schlief weiter. Ich holte das Handtuch.
Sie trocknete sich viel zu langsam ab. Schade, sagte sie. Ihr Mann war wieder fest eingeschlafen.

18

Es war fast Mitternacht als sie aufbrachen, und ich ging noch mit ihnen zum Gasthof. Zum Frühstück, sagte ich, würde ich noch mal vorbeikommen. Mein Überlinger Bekannter lallte etwas vor sich hin, seine Frau sagte: Wie Sie wünschen. Sie sagte das, ohne mich anzusehen.

Ich ging zum See hinunter, und als ich an jene Stelle kam, wo sie zum Baden gegangen war, blieb ich stehen und feuchtete mir die Stirn an. Dann schöpfte ich mit beiden Händen nachtklares Wasser aus dem See und spülte mir das Gesicht und den Nacken immer wieder ab. Wenn sie ertrunken wäre, dachte ich, hätte ihr Mann es gar nicht mitbekommen. Er hätte volltrunken auf der Hüttenbank gelegen, und ich bin mir nicht einmal sicher, ob ich ihm den Tod seiner Frau hätte klarmachen können. Ich ging zurück zur Hütte.

Der Josef kam mir entgegen, und ich sagte: Wo streunen Sie denn umher?

Er könne keinen Schlaf finden, und er brauche Luft und Auslauf für seine Gedanken. Nur Leute, die keine Gedanken haben, schlafen auf Kommando, sagte er.

Ich räumte die Gläser und die Flaschen weg, und ich sagte: Ich hatte nämlich Besuch.

Ich weiß, sagte der Josef.

Ich wußte nicht, was er gehört und gesehen hatte, und ich fragte ihn auch nicht danach. Wenn Sie noch nicht schlafen wollen, sagte ich, darf ich Ihnen vielleicht ein Glas Wein anbieten? Ich bleibe ohnehin noch auf.

Gern, sagte er, aber nur, wenn er wirklich nicht störe. Ich schenkte uns ein, wir tranken.
Später sagte der Josef: Ihre Katze war krank, oder?
Sie hatte eine Strychnin-Vergiftung. Es ist gerade noch einmal gutgegangen.
Ich weiß, Sie haben den Arzt kommen lassen.
Ja.
Da ist fast nie etwas zu machen, sagte der Josef. Meistens geht's schief. Sie müssen die Katze in eine Decke packen und ihr drei Aspirin-Tabletten geben. Alles andere ist zwecklos.
Woher wissen Sie das denn?
Nur so.
Ich sagte: Sie haben wohl viel Arbeit jetzt?
Doch. Der Bauer vom Weiser Hof sei krank, er habe eine fiebrige Grippe, und da gebe es natürlich genug zu tun.
Die Nacht war warm, die Katze schlief, der See war ruhig.
Und Sie, fragte der Josef, was machen Sie?
Immer dasselbe: Berichte, Gutachten, kleinere Konstruktionsentwürfe, und dann arbeitete ich ja noch an dem neuen Phosphat-Austausch-System, aber das nur nebenher, mehr für mich privat, sagte ich.
In diesem Jahr bleiben Sie wohl mit Ihrem Büro in der Hütte?
Das hatte ich eigentlich nicht vor. Wenn das Wetter anhielt, wollte ich morgen oder übermorgen mit meinem Schreibtisch wieder hinunter an den See ziehen. Wir saßen nebeneinander auf der Bank vor der Hütte, schwiegen wieder und sahen auf den See. Weit hinter dem See war die Nacht zu Ende.
Solche Nächte, sagte er, erinnerten ihn immer an die Wüste.

Wann waren Sie denn in der Wüste, fragte ich.
Ach, vor langen, langen Jahren, das sei schon gar nicht mehr wahr.
Wo denn da?
In Ägypten, in Äthiopien, im Sudan, in Saudi-Arabien, wo man eben so hinkommt.
In Ägypten bin ich auch gewesen.
Ach ja?
Ja, im Krieg.
Davon hätte ich ihm nie etwas erzählt.
Nein, warum auch.
Warum? Sehen Sie, sagte er, jeder Mensch sollte anderen Menschen seine Geschichten erzählen. Die meisten Leute sind nur deshalb unzufrieden, weil sie meinen, sie erlebten nichts. Erlebnisse aber kommen nie auf einen zu, man muß sie sich holen, suchen, beim Schopf packen.
Die meisten Leute erleben tatsächlich nichts, sagte ich.
Jedermann hat in jeder Minute sein Erlebnis. Wenn er es nicht bemerkt, hat er nicht aufgepaßt und die Zeit verschlafen.
Der Josef, dachte ich, hat gut reden, er war in der Welt herumgekommen.
Was war denn nun in Arabien, fragte ich.
Um Himmels willen, sagte er, das sei doch kein Thema für eine angebrochene Nacht, da habe er Geschichten auf Lager, die würden Tage füllen, nein, das gehe nun wirklich nicht, vielleicht ein andermal.
Ich sagte: Mit Ihnen ist es immer das gleiche. Jedesmal, wenn Sie eine Geschichte erzählen wollen, lassen Sie sich zunächst mal nötigen.
Ist das wirklich so, fragte er.
So ist es wirklich.
Also gut, sagte er, wenn Sie unbedingt wollen. Aber es

wird eine lange Geschichte. Ich sage Ihnen das nur, damit sie mir nachher nicht vorwerfen, ich hätte Sie um Ihre Nachtruhe gebracht.
Aus dieser Nacht wird ohnehin nichts mehr, erwiderte ich.
Dann wolle er also am besten in Saudi-Arabien beginnen, und in Saudi-Arabien, sagte der Josef, sei das nämlich so gewesen:

19

Ich wollte damals unbedingt nach Hause. Vielleicht war es Heimweh, vielleicht auch nicht, ich weiß nur, daß ich Sehnsucht hatte; Sehnsucht nach einem Dorf, nach Wald und Wiese, und ich hätte alles darum gegeben, mich mit irgendeinem Menschen unterhalten zu können. Ich hatte gerade eine Darmgrippe hinter mir, und ich war auf dem Weg nach Dschidda; dort wollte ich auf einem Schiff anheuern, das nach Europa fuhr. Es war Anfang März, die Wüste blühte noch, als plötzlich der Regen kam und mich für zwei Tage in einem Dorf etwa 60 Kilometer nördlich von Dschidda festhielt. Die Wüstenwege waren überschwemmt, das Dorf wie ausgestorben. Die Dorfbewohner ließen sich nicht sehen, ein Esel stand mitten auf der Straße, und ein paar Hühner pickten in den Pfützen. Seltsam, daß man so etwas nicht vergißt: Die Hühner waren bis auf die Haut durchnäßt und völlig abgemagert, sie standen mit den Füßen in den Wasserlachen, der Regen schlug auf sie herab, sie rührten sich nicht, und nur manchmal neigten sie den Kopf halbschräg nach oben, schienen darauf zu warten, daß ihnen ein Regentropfen ins Auge fiel, schüttelten sich, wurden für einen Augenblick wach, pickten nach etwas, aber es war wohl nichts, um das sich das Picken gelohnt hätte, und dann blieben sie wieder wie erstarrt stehen, rat- und hilflos, und wenn man an ihnen vorbeiging, rückten sie um keinen Zentimeter zur Seite, sie hatten nicht die geringste Angst, ihnen war alles egal, und anscheinend wußten sie selber nicht, auf was sie warteten und wohin sie gehörten.

Noch am selben Abend kam ein Tourist ins Dorf, der nach
Mekka wollte. Sein Name war Sean O'Callaghan. Er war
in Irland geboren, im Alter von sieben Jahren nach Süd-
afrika gekommen, und er hatte dort, wie er sagte, eine
ziemlich große Farm südlich von Pretoria. Er hatte sich in
den Kopf gesetzt, dem modernen Sklavenhandel auf die
Spur zu kommen, und als ich ihn fragte, wo in aller Welt
denn heute noch mit Sklaven gehandelt würde, lachte
er nur und behauptete, allein in Saudi-Arabien lebten
seiner Schätzung nach ungefähr eine halbe Million Sklaven.
Das gibt es doch gar nicht, sagte ich.
Doch, das gebe es schon. Und er könne mir dafür handfeste
Beweise liefern.
Wir hatten in einer der Lehmhütten Unterschlupf gefunden, wo wir einigermaßen trocken sitzen konnten. Die
Hütte gehörte einer uralten Frau, die im Gesicht und an
den Händen tätowiert war, und wenn man ihr ein Geldstück zuwarf, grinste sie, stand auf, ging durch einen
schmuddeligen Vorhang in den stockdunklen Hinterraum,
brachte Tabak, Arrak und penetrant süßen Kaffee, grinste
wieder und hielt die Hand auf, um noch einmal ein Trink-
geld zu bekommen. Mister O'Callaghan schlug ihr die
Hand fort, fluchte, verschwinde, sagte er, doch die Alte war
offensichtlich an Schläge gewöhnt, sie grinste weiter, setzte
sich in die hinterste Ecke der Hütte auf den Boden und
blieb dort wie versteinert hocken. Manchmal stülpte sie
die Lippen übereinander, und da sie keine Zähne mehr
hatte, sah es aus, als verschlucke sie ihre Lippen, und zwischen Kinn und Nase war nur noch ein schmaler Spalt, auf
dem sie sich zitternd festbiß. Wir saßen auf unseren Ma-
tratzen, rauchten und tranken.
Was ist nun mit den Sklaven, fragte ich.

Sie kennen sicher Dschibuti, sagte er.
Nein.
Dschibuti liege in Somalia, am westlichsten Zipfel des Golf von Aden, und von dort seien es ungefähr 130 Seemeilen bis an die Küste des Jemen. Es ist eine der dreckigsten Städte Afrikas, sagte er, und wenn Sie da einmal hinkommen sollten, denken Sie an mich.
Ich hatte das nicht vor, ich wollte nach Hause.
In Dschibuti, sagte O'Callaghan, habe er in einem Hotel gewohnt, das einem Griechen gehörte. Der Mann sei im Zweiten Weltkrieg für den deutschen Geheimdienst tätig gewesen, habe danach als Zuhälter gearbeitet, später Zimmer an Dirnen vermietet, schließlich Bordells gebaut, und heute gehörten ihm neben dem Touristenhotel mehrere Häuser im Bordellbezirk. Außerdem betreibe er eine Babyfarm.
Ich sah ihn ungläubig an. Ich hatte nicht die geringste Ahnung, was eine »Babyfarm« sein könnte, ich hatte das Wort noch nie gehört.
O'Callaghan sagte: Auf die Idee mit der Farm sei der Grieche vor fünfzehn Jahren gekommen. Wie in jeder Hafenstadt brächten die Dirnen auch hier Mischlinge aller Art zur Welt, und wenn ein solches Kind drei Jahre alt geworden sei und seine Mutter es loswerden wollte, kaufe der Grieche es ihr ab. Er zahle zwei Pfund pro Stück, aber selbstverständlich nehme er nur die hübschesten Kinder. In der Babyfarm blieben sie bis zu ihrem dreizehnten Lebensjahr, dann würden sie als Sklaven verkauft.
Und was geschieht mit ihnen auf der Farm?
Die Kinder kennen schon mit fünf Jahren alle Tricks des Sexuallebens, vor allem natürlich, wie man Männer befriedigt. Dabei spielt es keine Rolle, ob es sich um Jungen oder um Mädchen handelt. Vor einem halben Jahr waren

etwa vierzig Kinder dort, darunter neun Knaben. Viel wichtiger als das Geschlecht sei die Hautfarbe; die Mädchen müßten möglichst weiß sein, zumindest aber eine helle Haut haben. Nur in den Sommermonaten ließen sich schon einmal Negerkinder verkaufen, weil deren Haut in der Hitze kühl bleibe.

Ich wußte nicht, was ich davon halten sollte. Einerseits dachte ich, daß so etwas heute undenkbar wäre; andererseits fragte ich mich, ob man solche Geschichten überhaupt erfinden kann. Die tätowierte Alte hockte in ihrer Ecke und schlief. O'Callaghan schrie sie plötzlich an. Sie erschrak, grinste, kam zu uns herüber, hielt die Hand auf, prüfte das Geldstück und brachte zwei Glas Arrak.

Später sagte O'Callaghan: Die meisten Kinder kommen in den Jemen oder nach Saudi-Arabien. Es ist nicht schwierig, sie dahinzubringen; man transportiert sie mit dem Schiff, in Chartermaschinen, manchmal sogar als Mekka-Pilger verkleidet. Da unten ist alles möglich.

Wir tranken.

Eines verstand ich überhaupt nicht: Auch in Dschibuti war der Sklavenhandel zweifellos polizeilich verboten, und es erschien mir unmöglich, die sogenannte Babyfarm und den Handel mit Kindern geheimzuhalten.

Der Grieche, sagte O'Callaghan, habe großen Einfluß in Dschibuti, und wer interessiere sich schon für Hurenkinder? Außerdem habe der Islam gegen Sklaven nichts einzuwenden, warum also solle man etwas gegen einen Mann unternehmen, der dem Koran nicht zuwiderhandelte.

Und die Sklaven selber? Warum meutern die nicht?

Die Knaben wehren sich manchmal, die Mädchen fast nie. Das kommt zunächst einmal daher, daß die Knaben bis zum Verkauf nicht zu arbeiten brauchen. Jeder Händler legt Wert auf ein gepflegtes Äußeres der Kinder, das ist

sein Kapital. Schon aus diesem Grunde werden sie gut verpflegt; die Knaben verkehren homosexuell miteinander, und mit 12 oder 13 Jahren bekommen sie sogar Mädchen zum Üben. Sie wissen ganz genau, daß sie es nie im Leben mehr so gut haben werden wie in der Babyfarm, und schon deshalb wehren sie sich gegen den Verkauf. Die Mädchen sind viel demütiger. Sie werden von Kind an für die Liebe erzogen, kennen nichts anderes als Liebe und wollen auch nichts anderes, und wenn sie dann endlich in irgendeinem Harem landen, langweilen sie sich meistens zu Tode.
Sind Sie da so sicher?
Ganz sicher. Er trank.
Er habe, sagte er, vor zwei Monaten eine deutsche Ärztin kennengelernt, die im Jemen für den Harem des Emirs arbeitete. Ihre Aufgabe war es, die 200 Konkubinen ärztlich zu betreuen. Sie versicherte, daß Konkubinen es durchweg besser hätten als jede andere arabische Frau; sie bekämen gutes Essen, würden anständig behandelt und müßten nicht, wie andere Frauen, 16 oder 18 Stunden am Tag für ihre Männer schuften. Außerdem feierten sie ihre Orgien mit den Eunuchen, und mit Eunuchen verkehrten sie besonders gern, weil sie dann mit Bestimmtheit wüßten, daß sie keine Kinder bekämen.
Ich denke, sagte ich, Eunuchen können das gar nicht mehr.
Das sei ein Irrtum, sagte O'Callaghan. Den meisten Eunuchen würde weder der Hodensack noch gar der Penis weggenommen; in nahezu allen Fällen käme es lediglich durch Reiben, Drücken oder Quetschen zu einer Zerstörung der Hoden, so daß die Erektionsfähigkeit erhalten bleibe. Eunuchen seien ja auch keine kastrierten Sklaven sondern sehr angesehene Leute.
Ich schwieg. Dann sagte ich: Und Sie wollen jetzt nach Mekka?

Ja, sagte er. Es gibt dort einen Sklavenmarkt, die Araber nennen ihn Dakkat el Abid. Ich werde dort erwartet.

Erwartet? Wer nach Mekka will, muß ein Muslim sein, und wenn er nicht perfekt arabisch spricht, macht er sich von vornherein verdächtig.

Ich spreche kein arabisch und bin schon gar kein Muslim, sagte O'Callaghan. Aber ich komme nach Mekka, darauf können Sie sich verlassen.

Also, sagte ich, dann wünsche ich Ihnen alles Gute.

Es hat mich hundert englische Pfund gekostet, die ich dem Auktionär im voraus bezahlen mußte. Und der wird es nicht riskieren, mich auffliegen zu lassen.

Und warum nicht?

Das ist nun wieder so eine Geschichte, sagte O'Callaghan. Der Auktionär habe einen Vetter in Dschibuti, und dieser Vetter transportiere die Kinder von der Babyfarm nach Saudi-Arabien. Und in Dschibuti wiederum hatte Mister O'Callaghan hinterlassen, wo man ihn finden könne, wenn er in den nächsten Wochen »rein zufällig« abhanden kommen sollte. Der südafrikanische Generalkonsul in Dschibuti sei nämlich ein Freund von ihm.

Er sah auf die Uhr.

20

Es war längst Morgen, kurz vor halb Fünf. Die Sonne kam hinter der Hütte hoch, die Vögel sangen sich wach. Für sie war dieser neue Tag schon über eine Stunde alt. Der Josef saß auf der Hüttenbank und trank sein Glas leer. So also, sagte er, sei das mit dem modernen Sklavenhandel. Auch heute noch.
Und sind Sie gut nach Dschidda gekommen?
Gleich am nächsten Tag habe ihn der Wüstenbus zum Hafen gebracht, und schon drei Wochen später sei er in Hamburg gewesen.
Ich sagte: Jetzt kommen Sie aber bestimmt nicht mehr zu Bett.
Nein, natürlich nicht, aber er könne gut ohne Schlaf auskommen, das sei nichts als Training.
Als er gegangen war, fing ich zum zweitenmal in dieser Nacht an, den Tisch vor der Hütte abzuräumen. Mir ging alles mögliche durch den Kopf: die kranke Katze, der Sklavenhändler aus Dschibuti, die nackte Frau meines Überlinger Bekannten, die Babyfarm, die Konkubinen und die Tränen von Bauer Greiffs Sohn, und als ich dann dachte, daß meine Firma in Köln war und ich am See, meine Tochter einen Neger heiraten würde und meine Frau sich zum zweitenmal scheiden lassen wollte, daß Nurmi rückwärts lebte und ich nicht wußte, wohin mein eigenes Leben mich noch führen würde: da, endlich, ging ich in die Hütte, weckte die schlafende Katze auf, küßte sie, drückte sie an mich, nahm ihren Kopf, hielt ihn vor mein Gesicht und,

sagte ich zu ihr: Du wirst mir jetzt nie mehr krank, versprichst du mir das?
Sie sah mich verschlafen an, begriff zunächst nicht, was eigentlich los war, gähnte und sagte: Wie spät ist es denn?
Halb Fünf, sagte ich. Draußen scheint die Sonne. Hast du mich lieb?
Ich schüttelte sie, hob sie mit ausgestrecktem Arm hoch bis an die Decke, legte sie wieder auf ihren Sessel, streichelte ihren Bauch und sagte: Na, hast du endlich ausgeschlafen?
Ja doch, sagte sie. Sie rieb sich ein paar Schlafreste aus den Augen. Was ist nur in dich gefahren, fragte sie.
Ich? Ich wollte lediglich den Morgen genießen, die Sonne, den See, die Katze, alles.
Sie sah mein Bett an, und natürlich bemerkte sie, daß ich es gar nicht benutzt hatte. Mein erster Gedanke war, nun würde ich ihr sicher eine längere Erklärung abgeben müssen, warum ich mir diese Nacht um die Ohren gehauen hatte, aber sie nahm das unbenutzte Bett kommentarlos zur Kenntnis, leckte sich den Hals, sah mich an und sagte: Sollten wir nicht erst einmal frühstücken?
Ich fragte: Was möchtest du denn?
Ach, antwortete sie, eigentlich nichts. Dann besann sie sich, dachte einen kurzen Augenblick nach und meinte: Vielleicht nehme ich doch ein Stück Wurst.
Ich gab ihr eine Scheibe Hartwurst, und sie sagte: Gehst du mit mir zum See?
Natürlich, sagte ich, ich gehe jetzt schwimmen. Und du?
Ich lege mich in die Sonne.
Schön, sagte ich. Komm, ich trage dich hinunter.
Sie ließ alles mit sich geschehen. Sie merkte, daß ich sie an diesem Morgen besonders liebhatte, und es ist immerhin ein Glücksfall, wenn beide im selben Augenblick merken, daß sie sich liebhaben.

Ist die Frau fort, fragte sie.
Welche Frau?
Die Frau deines Überlinger Bekannten.
Die Frau ist fort, sagte ich, ihr Mann ist fort, der Josef ist gegangen, wir sind allein.
Sie räkelte sich in der Sonne. Ich setzte mich ans Ufer und tauchte die Füße ins Wasser; das Wasser war noch kühl, es hatte vielleicht 16 oder 17 Grad. Bleib nicht solange fort, sagte sie.
Nein, sagte ich, ich bin gleich wieder da. Dann schwamm ich hinaus. Der See war weich, ruhig, unberührt. Nur ich war da, und ich hatte das Gefühl, der See gehöre mir. Manchmal tauchte ein Haubentaucher in meiner Nähe auf, sah mich erschreckt an, piepste warnend und tauchte sofort wieder unter. Ich schwamm auf der Stelle, drehte mich nach allen Seiten um, weil ich sehen wollte, an welcher Stelle des Sees er wieder hochkommen würde, aber er blieb verschwunden. Die Katze saß am Ufer und putzte sich.
Als ich zurückkam, sagte sie: Du könntest heute einmal nichts tun und dir einen Tag freinehmen.
Gut, sagte ich, und legte mich neben sie ins Gras. Die Sonne hatte jetzt Kraft und erwärmte die Erde. Wir lagen da und dachten an nichts.
Nun schlaf aber nicht ein, sagte die Katze.
Keine Sorge, erwiderte ich. Ich streichelte sie, und jedesmal, wenn ich ihr mit dem Finger über die Nase fuhr, machte sie die Augen zu.
Es fiel mir schwer, wach zu bleiben. Ich dachte an die Babyfarm in Dschibuti und an die Konkubinen des Harems. Wenn der Emir zweihundert Frauen hatte, und, nimmt man das einmal an, jede Nacht mit einer anderen schlief, kam jede einzelne nur alle zweihundert Tage dran. Und falls diese Rechnung stimmte, mußten die Haremsdamen

ein geradezu enthaltsames Leben führen. Sehr wahrscheinlich aber war alles ganz anders. Der Emir schlief vielleicht mit mehreren Frauen gleichzeitig, er mochte die eine lieber als die andere, daneben hatte er noch Knaben, aber für die Konkubinen änderte sich dadurch nicht viel, sie hatten zu warten und langweilten sich bis zu ihrem Tode. Ich dachte:
Sterben Konkubinen eigentlich im Harem? Oder werden sie ab einem gewissen Alter abgeschoben? Wenn ja, wohin? Dürfen sie sich nun verheiraten? Ab welchem Alter werden sie unbrauchbar? Können sie dann noch Kinder bekommen? Wer will sie überhaupt noch? Oder ist es für den heiratswilligen Mann gar eine Ehre, vom Emir eine Konkubine zu bekommen? Was denkt so ein Mann in der ersten Nacht? Was empfindet so eine Konkubine in der ersten Nacht? Vielleicht sehnt sie sich nach ihrem Eunuchen zurück? Vielleicht lernt sie gerade jetzt erst, was es bedeutet, dem Mann, wann immer er möchte, willig zu sein? Wo hatte sie mehr Freiheit? Ist sie, alles in allem, ohnehin nicht nur Körper? Jeder Körper aber schlafft ab, und dann? Worüber unterhalten sich Haremsfrauen, wenn sie unter sich sind? Werden sie nicht notgedrungen zu Lesbierinnen? Wenn ja, werden sie dafür bestraft? Wie? Mit Peitsche, mit Brenneisen, mit Abrasieren der Haare? Dürfen Konkubinen lesen oder schreiben? Können sie es überhaupt? Dürfen sie, und sei es unter Aufsicht, den Harem hin und wieder verlassen? Wie sonst vertreiben sie sich ihre Langeweile? Haben sie auch einmal die Möglichkeit, ganz allein zu sein? Haben sie ein Zimmer, das nur ihnen gehört? Und wenn sie eins haben, muß der Eunuch da anklopfen, wenn er hinein will? Gibt es im Harem Katzen?
Die Katze lag in der Sonne und schnurrte. Heute wird es heiß werden, sagte ich.

Das glaube sie auch.
Später muß ich noch ins Gasthaus. Ich habe meinem Überlinger Bekannten versprochen, mich zu verabschieden. Ich bleibe aber nicht lange.
Bestimmt nicht?
Nein.
Auf einmal sagte die Katze: Ich weiß nicht, ob du alles richtig machst.
Wie meinst du das, fragte ich.
Nun, du lebst eben verkehrt. Meiner Ansicht nach, sagte sie.
Wieso?
Du nimmst alles zu wichtig. Du hörst zu genau hin. Du siehst dir jede Sache so lange an, bis du irgendetwas Krummes daran findest. Über manche Dinge muß man aber hinwegsehen. Man muß sich sagen: dies oder das nimmt man einfach nicht zur Kenntnis. Ich, sagte sie, negiere schlichtweg alles, was mir nicht in den Kram paßt.
Für dein Alter eine erstaunliche Erkenntnis.
Das habe mit ihrem Alter gar nichts zu tun. Sie sei so, und so bleibe sie auch.
Warten wir es ab.
Siehst du, sagte sie, nun willst du schon wieder darauf hinaus, daß ich meine Meinung einmal ändern könnte. Aber ich werde sie nicht ändern. Und wenn ich sie tatsächlich ändern sollte, warum, bitte, nicht? Im Augenblick liege ich neben dir in der Sonne und ich denke, daß ich dich gern habe.
Das denke ich auch.
Schon. Aber du denkst sofort: Habe ich die Katze auch morgen noch gern? Hat sie mich morgen noch gern? Wird sie nicht noch einmal krank? Was ist, wenn sie mir davonläuft? Und weil du das denkst, verpaßt du zeitlebens die

Gegenwart. Das Leben aber, sagte sie, ist nichts anderes, als die ständige Aneinanderreihung von Gegenwärtigkeiten.
Keiner kann aus seiner Haut, sagte ich.
Wenn du so weitermachst, sagte sie, wirst du noch auf deinem Sterbebett denken, was die nächsten Tage wohl bringen könnten. Die nächsten Tage aber bringen dir nichts mehr, du bist tot und weißt nicht warum. Vor allem weißt du nicht einmal, warum du gelebt hast.
Ich schwieg.
Das wollte ich dir immer schon einmal sagen, sagte sie.
Ja, sagte ich, ich nehme es zur Kenntnis. Aber mußte das gerade jetzt sein?
Wann denn sonst?
Es gibt passendere Augenblicke.
Nein. Es gibt nur zwei Augenblicke: den einen, wo man alles sagen kann, und den anderen, wo man sich alles sagen läßt. Manchmal treffen beide zusammen.
Und in diesem Moment, meinst du, ist das so?
Das dachte ich.
Ich suchte mir ein paar Steine und warf sie in den See. Ich wollte dieses Gespräch beenden. Gleich wird der Milchwagen kommen, sagte ich, und ich habe noch etwas mit Bauer Greiff zu bereden. Er wird noch im Stall sein, denke ich, wirst du auf mich warten?
Nein, ich komme mit.
Bauer Greiff melkte die Kühe nach. Ich sagte: Wie geht's?
Es muß, sagte er.
Im Stall alles gesund?
Doch.
Mir fiel plötzlich ein, daß ich jedesmal dieselben Fragen stellte, wenn ich zu Bauer Greiff in den Stall ging. Die Katze war vor der Stalltür stehengeblieben und hatte sich in die Sonne gesetzt.

Ihr Sohn ist wohl nicht da, fragte ich.
Der macht noch schnell seine Schulaufgaben, die hat er gestern wieder einmal vertrödelt. Immer dasselbe.
Na ja, sagte ich, das kann schon mal vorkommen.
Meinen Sie? Mir gefällt das überhaupt nicht.
Er hatte sich den Melkschemel umgeschnallt und rückte damit eine Kuh weiter.
Wollten Sie etwas von ihm?
Ach, sagte ich, das hat Zeit. Ich will mit meinem Büro wieder an den See ziehen, und er hätte mir beim Umzug helfen können.
Den Schreibtisch bringte ich Ihnen hinunter, sagte er.
Nein, nein, sagte ich, so war das nicht gemeint.
Aber natürlich. Das mache ich schon. Am besten nach der Brotzeit, so kurz vor Neun. Geht das?
Gern. Aber es hat wirklich Zeit.
Bauer Greiff gab keine Antwort. Die Sache war für ihn abgetan. Ich sah, wie er aus dem Kuheuter die letzten Tropfen Milch herauszog und in den Eimer spritzen ließ. An der Stallwand standen zwei Holzkisten, und in einer lag ein Kälbchen, dessen Haut naß war. Es hatte noch kein Fell.
Was ich noch sagen wollte, sagte Bauer Greiff: Von Nurmi haben Sie wohl nichts gehört?
Ich hatte keine Nachricht von Nurmi, und ich wußte auch nicht, wann er in diesem Jahr an den See kommen würde.
In den letzten Jahren ist er immer um diese Zeit gekommen.
So. Ich dachte, erst Ende August.
Nein, nein, bestimmt nicht.
Es war kurz nach Acht. Ich überlegte, ob mein Überlinger Bekannter wohl schon ausgeschlafen hatte und wieder nüchtern war.

Also dann, sagte ich.
In einer Stunde bin ich bei Ihnen, sagte Bauer Greiff.
Die Katze saß neben der Stalltür und sah mich an. Ich gehe jetzt noch zum Gasthof, sagte ich, dann kommt Bauer Greiff, um mir beim Umzug zu helfen, und wenn dann das Büro wieder am See steht, legen wir uns neben den Schreibtisch und faulenzen. Den ganzen Tag werden wir faulenzen, das verspreche ich dir.
Kannst du mir nicht vorher noch ein richtiges Frühstück machen?
Mit was?
Am liebsten mit Wurst, etwas Käse und ein rohes Ei.
Alles da, sagte ich.
Ich machte ihr das Frühstück und ging zum Gasthof. Meine Überlinger Bekannten schliefen noch. Die Tochter des Wirtes stand hinter der Theke und ließ aus der dampfenden Kaffeemaschine heißes Wasser in eine Tasse laufen.
Soll ich etwas ausrichten, fragte sie.
Wenn die Leute zum Frühstück kommen, mögen sie mich doch bitte anrufen. Ich komme dann noch einmal vorbei.
Sie nickte. Ihr Gesicht war blaß und übernächtigt. Wenn ich mich nicht irrte, war sie jetzt Achtzehn.
Gegen Neun kam Bauer Greiff, ich zog um. Mein Schreibtisch steht jetzt wieder am See, und ich will mir meine Arbeitszeit wieder so einteilen, wie ich es immer gehalten habe: Dienststunden von 6 bis 10 Uhr und von 17 bis 21 Uhr. An diesem Tag allerdings tat ich überhaupt nichts mehr. Ich schmuste mit der Katze, ging schwimmen, lag in der Sonne, schlief ein, die Katze weckte mich, ich streichelte sie, dachte an nichts und ließ den Tag dahinziehen. Mein Überlinger Bekannter war abgereist, ohne sich noch einmal zu melden. Mir war klar, daß ich mir seinen Auftrag nun endgültig aus dem Kopf schlagen mußte. Was soll's?

21

Je älter man wird, desto mehr gleichen sich die Jahre an. Man verwechselt die Sommer. Man fragt sich: War das wirklich im vergangenen August? Nicht doch im Jahr davor? Die Erlebnisse und die Erfahrungen lassen sich zeitlich nicht mehr korrekt einordnen. Man weiß nur noch Anhaltspunkte. Neunzehnhundertfünfundvierzig, doch, da war der Krieg zu Ende. Und Neunzehnhundertzweiundfünfzig, richtig, da ist man in die Firma eingetreten. Wann aber ist man zum ersten Mal an den See gekommen? Das muß um diese oder um jene Zeit gewesen sein, vielleicht auch ein Jahr später. Jene Gehirnzellen, die für unser Erinnerungsvermögen zuständig sind, registrieren zwar noch den Augenblick, bringen ihn aber in keinen geordneten Zusammenhang mehr. Was einem im Moment wichtig erscheint, erweist sich im Nachhinein als unerheblich oder überflüssig, man vergißt es, löscht es aus, und da einem, je älter man wird, immer mehr Dinge unerheblich oder überflüssig werden, vergißt man auch mehr. Man nimmt sich nicht mehr so viel vor wie früher, man will das Erreichte lediglich in Ordnung halten. Und weil man selber nicht mehr bereit ist, sein Leben zu verändern, ändern sich auch die Jahre nicht mehr. Früher fragte man: Na, was gibt es Neues? Heute bescheidet man sich mit der Feststellung: Alles beim alten?, und man ist froh, wenn der Andere mit dem Kopf nickt. Man will nichts Neues mehr, weil man erfahren hat, daß das meiste Neue nur selten Gutes war. Man hat eingesehen und verkraftet, daß man nur einen

Bruchteil von dem erreicht hat, was man hatte erreichen wollen und auch hätte erreichen können. Übrig bleiben nur noch kleine Ziele; die entscheidenden hat man durchlaufen oder nicht erreicht. Man fragt sich, um was es geht, und prüft, ob es sich lohnt; in den meisten Fällen findet man sich ab. Nur der Tod, denkt man, der wird sich wohl noch Zeit lassen, den schiebt man vorerst noch in eine biologisch kaum zu rechtfertigende Ferne. Allerdings denkt man schon an ihn; ungern natürlich, aber einkalkuliert. Keiner will jung sterben, niemand will alt werden: auch so eine Ungereimtheit, aber jeder hat seine Wechseljahre, in denen er einsehen lernt, daß jedes Leben ungereimt ist und kein einziges sich reimen läßt. Von manchen Leuten meint man, bei denen stimme alles, aber das meint man nur deshalb, weil man diese Leute nicht genügend kennt. Es ist kein Zufall, daß ausgerechnet Bettgeschichten so manche Wahrheit an den Tag bringen.

Ich saß an meinem Schreibtisch am See und arbeitete. Kurz nach Neun kam der Postbote und brachte mir einen Brief von Nurmi. Ich brauchte einige Zeit, um damit fertigzuwerden.

Es war ein Abschiedsbrief. Nein, er komme nicht mehr an den See, nie mehr, und er wünsche nicht, daß wir uns noch einmal träfen, auch nicht an einem anderen Ort. Solche Abschiede brächten nichts ein, meinte er, sie setzten einen verkrampften Akzent in den Lebensfluß, und wenn ich heute darüber nachdenke, muß ich ihm Recht geben. Nurmis Hauptargument, den See nunmehr zu meiden, war das folgende: Man habe ihn, wie ich ja wisse, mit 73 Jahren aus dem Sarg geholt, und seitdem war er gezwungen, sein Leben rückwärts zu leben. 13 Jahre später, mit Sechzig also, sei er zum ersten Mal an den See gekommen, und heute sei er Achtundvierzig. Den Leuten vom See müßte es ja nun

auffallen, daß er immer jünger werde, und er wollte dem Gerede aus dem Weg gehen. Mit dem stimmt etwas nicht, würden die Leute sagen, der ist uns unheimlich, das ist doch nicht normal, und wenn er ihnen tatsächlich erzähle, daß er rückwärts lebte, so würden sie ihm das nicht einmal glauben. Nein, sein Entschluß stehe fest, schade, meinte er, aber einen anderen Ausweg gebe es nicht.
In achtzehn Jahren, dachte ich, wird Nurmi Dreißig sein. In achtzehn Jahren wird auch Bauer Greiffs Sohn Dreißig sein. Und jeder hatte auf seine Weise die Dreißig erreicht, der eine rückwärts, der andere vorwärts, normal, wie man so sagt. Wäre es für beide nicht geradezu notwendig, wenn sie sich in diesem dreißigsten Jahr einmal träfen, um ihre Erfahrungen auszutauschen? Der eine hat das Alter hinter sich und weiß, wie man damit fertig werden muß; der andere hat das Ende seiner Jugend erreicht und erlebt, welche Probleme jede Jugend zu überwinden hat. Aber Nurmi und Bauer Greiffs Sohn werden sich nie im Leben wiedersehen. Schon wieder eine Chance vertan.
Gegen Mittag ging ich hinaus in die Felder. Es war windstill und schwül. Von fast jedem Heuwagen winkte mir irgendein Dorfbewohner zu, ich winkte zurück. Der Feldweg war ausgetrocknet und staubig. Einmal dachte ich, am gegenüberliegenden Weidezaun säße meine Katze, aber ich hatte mich geirrt. Mitten auf dem Weg lag ein Stück Stacheldraht; ich hob es auf, wußte nicht, wohin damit, also behielt ich es in der Hand und ging weiter.
Bauer Greiff war auf dem Feld und hantierte an seinem Traktor. Er bemerkte mich erst, als ich neben ihm stand, sah auf, schob seinen Hut in den Nacken, wischte sich den Schweiß von der Stirn und sagte: Sie haben's gut. Er sagte das, ohne die Zigarette aus dem Mund zu nehmen.
Was ist denn los mit dem Traktor, fragte ich.

Irgendetwas ist mit der Ölzufuhr nicht in Ordnung. Ich muß wohl den Mechaniker holen.

Das kann ich Ihnen abnehmen, sagte ich. Ich gehe ohnehin zurück ins Dorf, dann werde ich dem Mechaniker Bescheid sagen.

Nein, nein, er müsse auch noch telefonieren; er habe kein Viehsalz mehr, das wolle er bestellen, und außerdem habe er vergessen, den Ventilator im Silo anzulassen. Wenn er sich nicht selber darum kümmere, sagte er, mache es niemand; alle verließen sich immer nur auf ihn.

Wir gingen ins Dorf zurück. Nurmi hat mir geschrieben, sagte ich.

So. Was denn sei, und wann er an den See komme.

In diesem Jahr nicht, sagte ich.

Nicht? Ist ihm etwas dazwischen gekommen?

Er will mal woanders hin, sagte ich.

Das könne er gut verstehen, sagte Bauer Greiff. Jedes Jahr an den See, mein Gott, das müsse ja auf die Dauer langweilig werden.

Bauer Greiff bemerkte nicht, daß diese Feststellung auch mich treffen mußte. Aber ich erwiderte nichts. Ich wußte, daß ich am See keine Langeweile haben würde, nie.

22

Meine Kölner Firma will Konkurs anmelden. Die Amerikaner haben ihr Angebot, in die Firma einzusteigen, zurückgezogen; die Bedingungen seien ihnen nicht mehr interessant genug. Die Entlassungspapiere für die Arbeiter und Angestellten sollen in den nächsten Tagen ausgestellt werden.
Das alles erfuhr ich heute vormittag. Gleich drei Anrufer teilten mir die Hiobsbotschaft mit, ohne offensichtlich voneinander zu wissen. Zuerst hatte meine ehemalige Sekretärin angerufen, aber sie wußte noch nichts Genaues; dann meldete sich mein früherer Kollege aus dem Konstruktionsbüro, beschwor mich, sofort nach Köln zu kommen, und schließlich bestätigte mir die Sekretärin des Direktors, daß alle Berichte stimmten und die Firma bankrott sei.
Ich saß an meinem Schreibtisch am See, die Katze spielte am Ufer. Ich wunderte mich, daß ich die Anrufe ziemlich gelassen hinnahm. Mir war natürlich klar, daß ich nunmehr endgültig arbeitslos war, aber ich regte mich darüber seltsam wenig auf. Eigentlich war ich erleichtert: ich wußte nun, woran ich war, ich hatte Klarheit. Und es sind ja immer nur die Ungewißheiten, mit denen man nicht fertig wird; mit Tatsachen findet man sich ab oder geht daran zugrunde.
Warum sollte ich nach Köln fahren? Hätte ich etwas ändern können? Wenn die Firma pleite war, dann war sie es eben, und ob ich mir ihren Konkurs mit eigenen Augen in Köln ansah oder aus meiner See-Distanz, das machte nicht

den geringsten Unterschied. Ich stand auf, ging ans Ufer, streichelte die Katze, setzte mich ins Gras, und als ich mich umblickte und meinen Schreibtisch sah, kam mir zum erstenmal mein See-Büro komisch vor; es stand blödsinnig auf der Wiese, allein gelassen, ohne Kontakt und ohne Sinn, ein DIN A 4-Blatt fiel herunter, und ich ließ es über den Zaun zum Bootshaus dahinfliegen; es interessierte mich nicht mehr, ob es leer oder beschrieben war.

Ich ging in die Hütte, holte mir eine Pfeife, stopfte sie, machte das Radio an und setzte mich in meinen Sessel. Während ich mir die Pfeife anzündete, brachte der Bayerische Rundfunk »Schlager von einst und jetzt«; irgendein Orchester spielte »Wenn der weiße Flieder wieder blüht«, und die Sängerin Ina Rina sang »Einen Sommer lang«. Ich höre sonst nie Schlagersendungen, schon gar nicht am hellen Tag, aber heute wollte ich es eben. An der Hütte, dachte ich, sollte man einiges verändern; der Deckenbalken gleich über dem Ofen war verrußt, und neben der Hüttentür war der Fußboden feucht geworden; sogar im Sommer drang die Bodennässe von unten durch. Ich hatte das seit Jahren übersehen.

Wenn die in Köln am Ende waren, mußte ich eben sehen, wie ich allein fertig würde. Aber wie? Das Telefon könnte ich abmelden. Der Bundesversicherungsanstalt würde ich aufkündigen. Meine Lebensversicherung müßte ich ruhen lassen, wenn so etwas möglich ist. Die Zeitung würde ich abbestellen. An monatlichen Unkosten blieben also: Krankenkasse, Strom, Wasser. Sonst noch was? Ich wußte es nicht. Bis auf den Pfennig hatte ich noch nie im Leben rechnen müssen, und ich dachte plötzlich an jene unzählbaren Leute, die zeitlebens mit dem Pfennig zu rechnen haben. Aber auch die beruhigten mich; was die können, dachte ich, kannst du auch, und eines hatte ich denen ohnehin voraus:

ich brauchte keine Miete zu zahlen, die Hütte gehörte mir, da gab es gar nichts. Mit fünfhundert Mark pro Monat, rechnete ich, könnte man so gerade hinkommen.
Würde das möglich sein? Und wenn es möglich war, die fünfhundert Mark mußten ja irgendwo herkommen, aber durch was und von wem? Für den Josef war das kein Problem. Für mich aber fingen die Probleme gerade damit an. Wer gelernt hat, wie man eine Brücke baut, kann es bis zum Millionär bringen, vorausgesetzt, er findet seinen Finanzier; sobald man aber sein Leben selber finanzieren muß, ist die sogenannte Kopfarbeit nichts mehr wert, man muß sich selber zu helfen wissen, und mit dem Kopf allein geht das nicht, Köpfe denken sich bestenfalls etwas aus, und sie denken immer nur so weit, bis sie jemanden finden, der ihre Gedanken in die Tat umsetzt. Meine Pfeife war ausgegangen, ich zündete sie wieder an. Mit Streichhölzern könnte man auch sparen, dachte ich, und im Radio spielten sie den Schlager »Rote Orchideen«.
Von alledem durften die Leute vom See nichts erfahren. Wenn sie wüßten, daß meine Kölner Firma in Konkurs gegangen und ich arbeitslos war, würden sie vielleicht so reagieren, wie es fast alle Menschen tun: Wer kein Geld mehr hat, ist ihnen nichts mehr wert, und die Bankinstitute hatten schon den richtigen Slogan, als sie prophezeiten: Hast Du was, so bist Du was. Ob auch die Leute vom See so dachten, bezweifelte ich zwar, aber ganz sicher war ich mir nicht.
Die Katze kam und sagte: Bleibst du heute den ganzen Tag in der Hütte?
Ja, sagte ich.
Hast du einen Grund dafür?
Nein.
Irgendetwas stimmt doch mit dir nicht, sagte sie.

Weshalb?
Woher soll ich das wissen?
Nichts ist, sagte ich.
Plötzlich sagte sie: Du kriegst ja nicht einmal die Zähne auseinander. Herrgott, sagte sie, da bekommt man ja Angst, dich überhaupt etwas zu fragen.
Wieso?
Sie gab keine Antwort.
Was willst du eigentlich, fragte ich. Ich habe dir deine Fragen beantwortet, habe »Ja« oder »Nein« oder »Warum« gesagt, und was, bitte, hast du nun dagegen?
Nichts.
Doch.
Nein.
Willst du etwa bestreiten, daß du mir Vorwürfe gemacht hast?
Vorwürfe? Welche?
Du hast mir gesagt, du hättest geradezu Angst, mich etwas zu fragen. Hast du das gesagt oder nicht?
Jawohl, Herr Lehrer.
Ich bin nicht dein Lehrer.
Nein. Aber du benimmst dich so.
Wie benehme ich mich?
Lassen wir das. Du bist den ganzen Tag schon schlechter Laune.
Ich? Wie kommst du nur darauf?
Darauf kommt man nicht, das sieht man dir an.
Sie ging an die Hüttentür und sah hinaus.
Ich sagte: Ich streite mich mit dir doch nicht herum. Wenn dir meine Gegenwart nicht paßt, kannst du ja gehen.
Auch gut, sagte sie. Meinst du vielleicht, ich wäre auf dich angewiesen?
Auf dich kann ich genauso gut verzichten, sagte ich.

Wir schwiegen. Ich saß im Sessel und stocherte in meiner Pfeife. Die Katze hatte mir den Rücken zugekehrt und sah hinaus. Das Radio spielte Tanzmusik.
Ich weiß nicht mehr, wie lange wir dieses Schweigen ausgehalten haben. Man läßt seine schlechten Launen nicht nur an dem Nächstbesten aus, es trifft fast immer jene, die man lieb hat.
Da weder die Katze noch ich bereit waren, das Gespräch durch irgendein versöhnendes Wort wieder aufzunehmen, ging ich ins Nebenzimmer, holte meinen Geldbeutel aus dem Schreibtisch, hing mir die Jacke über die Schultern, und als ich an der Katze vorbei aus der Hütte ging, sagte ich: Ich esse heute im Wirtshaus.
Ich hatte den Satz kaum ausgesprochen, als er mir schon leid tat. Aber ich war zu stur, ihn rückgängig zu machen. Ich ging ins Wirtshaus und wußte, daß die Katze zumindest bis heute abend hungern mußte. Es konnte allerdings sein, daß sie fortging und die ganze Nacht nicht nach Hause kam. Sie ist genauso stur wie ich.
Am Abend hatten sich die Kölner Verhältnisse schon wieder geändert. Mein früherer Kollege aus dem Konstruktionsbüro rief an und berichtete, soeben sei auf einer Betriebsversammlung beschlossen worden, daß die Belegschaft die Firma in eigener Regie übernehmen wolle. Für mich gebe es nur noch eines: so schnell wie möglich nach Köln zu kommen.
Ich mochte ihm keinen Termin nennen. Ich dachte: Wenn die Katze nach Hause kommt, werde ich mich bei ihr entschuldigen.

23

Nun bin ich seit zehn Tagen in Köln. Ich habe, mehr durch Zufall, direkt am Rhein ein möbliertes Zimmer bekommen; von meinem Fenster aus sehe ich die Rodenkirchener Brücke, den Dom, den Rhein, die Schleppkähne, die Möwen, und wenn es Nacht ist, hört man von der Rodenkirchener Brücke nur ein fernes, gleichmäßiges Rollen der Autos und die meist müden Wellen des Rheins. Aber der Rhein ist nicht der See. Der Rhein fließt dahin, achtlos an allem vorbei, er kümmert sich um nichts und treibt übereilig zum Meer. Der See ruht in sich selbst, er kommt nirgendwo her und will nirgendwo hin, ihm genügt es, dazusein.

Das schwierigste Problem war die Katze. Sie hatte es abgelehnt, allein am See zu bleiben, und mir war nichts anderes übriggeblieben, als sie mit nach Köln zu nehmen. Natürlich hatte ich sie gewarnt. Ich wußte, daß sie sich in Köln langweilen würde, redete auf sie ein, sagte zu ihr: Du kennst die Stadt nicht. Dort ist alles anders. Hinter den Straßenbahnfenstern und den Hochhauswänden, den Leuchtreklamen und den Betonbalkons erkennt man die Welt nicht mehr. Und den Lärm, sagte ich ihr, den wirst du nicht ertragen können. Und die Luft stinkt, in den Straßen verläuft man sich, die Menschen hetzen dahin und wissen nicht warum, jedermann lebt nach der Uhr, keiner kümmert sich um den andern; in der Stadt, sagte ich ihr, wirst du hin- und hergeschubst, man wird dich fortjagen, mit Füßen nach dir treten, und dann wirst du dich an den See zurückseh-

nen, du wirst ihn vermissen und lieber einsam bleiben als in der Stadt den allzu vielen Seelenlosen ausgeliefert sein.
Auf die Katze machte das alles keinen Eindruck. Nein, sie bleibe nicht allein, auf keinen Fall, und als ich ihr erwiderte, daß meine frühere Katze immer allein am See geblieben sei, sagte sie, das interessiere sie nicht, und ich soll sie mit jedwedem Hinweis auf meine frühere Katze verschonen.
Jetzt hockt sie Tag für Tag in meinem möblierten Zimmer. Ich habe ihr einen Stuhl vors Fenster gestellt, damit sie auf den Rhein sehen kann, und jeden Morgen und jeden Abend gehe ich mit ihr spazieren. Meistens sitzen wir am Ufer des Rheins und dösen vor uns hin. Ich weiß genau, daß sie immer nur an den See denkt, aber sie läßt es sich nicht anmerken. Nur gestern hatte sie gefragt: Wie lange bleiben wir denn noch in Köln?
Ich wußte es selber nicht. Ich war jeden Tag in der Firma gewesen, und ich hatte mit allen nur möglichen Leuten gesprochen. Wenn man mit allen nur möglichen Leuten spricht, macht man stets dieselbe Erfahrung: jeder weiß es besser. Die Leute sagen: Man könnte, man sollte, man müßte, und wenn man sie dann fragt, was man nun wirklich kann und soll und muß, dann winden sie sich um eine klare Antwort herum, haben ihre Wenns und ihre Abers, und dennoch, sagen sie, so dürfe es nicht weitergehen, man müsse zu einem Entschluß kommen, egal wie, Hauptsache, man sehe wieder klar und wisse, woran man sei.
Woran war man?
Nimmt man nichts als die Fakten, sah der Bankrott der Firma so aus:
Vor genau sechs Wochen hatte der Firmeninhaber in der »Frankfurter Allgemeinen Zeitung« eine Annonce aufgegeben. Der Text lautete:

»Industriewerk. Mehrbeteiligung oder Verkauf. Brückenbau und Kläranlagen. Weltbekannte Firma und fester Kundenstamm. 15,8 Millionen Umsatz, 20 Prozent Export. Hervorragender Facharbeiterstand, verkehrs- und kostengünstiger Standort mit ausgezeichneter Infrastruktur. Werkswohnungen. Zur näheren Information nehmen Sie bitte Kontakt auf mit unserer Unternehmensberatung unter Chiffre 50 381, FAZ.«
Ob auf diese Annonce überhaupt Angebote gemacht worden sind, wußte niemand genau, selbst der Direktor nicht, zumindest tat er so. Ich hatte ihn gleich am zweiten Tag meines Kölner Aufenthaltes besucht, aber das Gespräch war kurz, fast frostig gewesen. Er könne nun wirklich nichts mehr für mich tun, hatte er gesagt, er wisse nicht einmal, was mit ihm selber geschehe, und alles sei ganz furchtbar, nicht zu fassen, einfach entsetzlich. Er wiederholte sich immer wieder, ging in seinem Büro auf und ab, und wenn er nicht mehr weiter wußte, sagte er nur noch: Ganz furchtbar, oder: Nicht zu fassen, oder: Einfach entsetzlich.
Für einen Augenblick hatte ich Mitleid mit ihm. Dann schob ich das Mitleid beiseite, dachte an mich, an die Katze, an den See, und ich verabschiedete mich. Der Direktor war kein Direktor mehr. Er hatte Angst. Dieselbe Angst wie ich.
Die Annonce war kaum erschienen, als die »Frankfurter Allgemeine Zeitung« in mehreren Exemplaren in der ganzen Firma verbreitet wurde. Die Belegschaft stellte die Arbeit ein, und um 10 Uhr morgens fand die erste Betriebsversammlung statt. Man verlangte nach dem Firmeninhaber, aber der ließ sich verleugnen. Das war vor sechs Wochen, und seit sechs Wochen war in der Firma so gut wie nicht mehr gearbeitet worden; jeden Tag gab es zwei oder mehr Versammlungen.

Ich habe von solchen Gemeinschaftsaktionen nie viel gehalten. Schon die Sprache dieser Leute tut mir weh. Sie haben ihr »Anliegen«, brauchen ihre »Motivationen«, wünschen »Transparenz«, propagieren den »Klassenkampf«, doch wenn sie Feierabend haben, legen sie ihr Klassenbewußtsein mit der Arbeitskleidung ab, schlüpfen in ihre Pantoffeln, produzieren sich als Spießbürger, raunzen ihre Kinder an, sitzen vorm Fernseher oder in der Kneipe, wissen nicht, was sie tun oder auch nicht tun sollen, und ihr Sinn für Gemeinschaft stellt sich immer nur dann ein, wenn sie hinter solchen Gemeinschaftsaktionen den persönlichen Profit wittern.

Plötzlich ging es ihnen allen dreckig, und plötzlich waren sie sich alle einig. Meine Kölner Firma hat immerhin 280 Arbeiter und Angestellte, und ich hätte es nie für möglich gehalten, daß sie sich einigen und gemeinsam handeln würden. Ich hatte mich getäuscht. Ich muß zugeben: ihr Verhalten imponierte mir. Zunächst war eine Kommission gewählt worden, die mit der Gewerkschaft und mit der Landesregierung verhandeln sollte. Ziel dieser Verhandlungen war es:

1. Die Firma zu erhalten und die Arbeitsplätze zu sichern.
2. Der Gewerkschaft Einsicht in sämtliche Unterlagen der Firma zu gewähren.
3. Die Landesregierung um ein Gutachten zu bitten, ob die Firma in der Zukunft noch eine Marktchance habe.
4. Die Landesregierung sowohl um einen Zuschuß als um einen Kredit zu ersuchen.

Als ich in Köln ankam, waren diese vier Punkte so gut wie geklärt. Die Gewerkschaft unterstützte die Forderungen der Kommission, und die Landesregierung war bereit, einen Zuschuß in Höhe von 225 000 Mark und einen Kredit von 1,25 Millionen zu gewähren.

Ich fragte mich, warum die Landesregierung diese Forderungen so ohne weiteres akzeptiert hatte, und ich war mißtrauisch. Aber mein ehemaliger Kollege aus dem Konstruktionsbüro, der mich zu sich nach Hause eingeladen hatte, meinte: Das geht in Ordnung, mach dir darüber keine Sorgen. Wir haben die Zusage vom Vorstand der SPD, und die FDP zieht mit, darauf kannst du dich verlassen.
Ich sagte: Bist du da so sicher?
Ganz sicher.
Wir saßen in seinem Wohnzimmer und tranken Kölsch und Steinhäger. Seine Frau sei bei einer Freundin, sagte er, und ein solches Gespräch sei ja auch Männersache, nicht wahr?
Doch.
Weißt du, jetzt schaffen wir endlich einmal klare Verhältnisse.
Welche?
Als erstes werden wir den Inhaber zwingen, auf sein bisheriges Eigentum zu verzichten. Er muß die Firma der Belegschaft übertragen.
Das würde nicht so leicht sein, meinte ich.
Was bliebe ihm denn anderes übrig? Wenn er sich weigere, mache er pleite und liege genauso auf der Straße wie wir alle.
Und wenn er zustimmt?
Wir haben ihm ein Angebot gemacht. Die Frist läuft Ende der Woche ab. Wenn er zur Übergabe der Firma bereit ist, sichern wir ihm folgendes zu:
1. Eine monatliche Rente von 2000 Mark auf Lebenszeit.
2. Ein lebenslängliches Wohnrecht an der bisher innegehabten Wohnung.
3. Eine Gewinnbeteiligung, die der Gewinnbeteiligung der Arbeitnehmer entspricht.
Ich dachte, jetzt ist die Firma bankrott, der Firmeninhaber

hat sich noch gar nicht entschieden, und schon reden die Leute von Gewinn und Gewinnbeteiligung. Ich sagte: Wie soll das Ganze denn funktionieren? Wem wird die Firma gehören? Wer plant? Wer kalkuliert? Wer übernimmt die Verantwortung?
Er kippte seinen Steinhäger hinunter, schenkte uns neu ein, ging zu seinem Schreibtisch, holte einen Aktenordner heraus, sah mich stolz an, setzte sich wieder zu mir, blätterte in den Akten herum und sagte: Hier ist alles festgelegt. Glaube mir, es war eine Heidenarbeit. Aber es hat sich gelohnt. Alles ist genau überlegt, x-mal durchdiskutiert, das Modell ist perfekt.
Ich sah ihn an. Er blätterte eifrig in seinen Schriftstücken, als habe er sein Leben lang darauf gewartet, dieses Modell zu entwerfen. Die Wahrheit sah anders aus. Die Wahrheit war: er hatte es sein Leben lang mit jenen gehalten, die an der Macht waren, sein einziges Ziel war es, oben zu sein, und ich sagte: Dieses Modell ist doch sicher von einem Gremium ausgearbeitet worden, oder?
Die Arbeitnehmer, sagte er, hätten eine Kommission gewählt, und er habe sich gleich zur Verfügung gestellt. Und wenn alles nach Plan verliefe, werde die jetzige Kommission auch den zukünftigen Vorstand bilden, bis auf ein paar Abstriche, meinte er.
Er schenkte sich neu ein. Dann ging er in die Küche, holte einen Teller mit belegten Broten, stellte den Teller auf den Wohnzimmertisch und sagte: Das hat meine Frau für uns hergerichtet. Hier, nimm eine Serviette. Du hast doch nichts dagegen, wenn wir von der Faust essen?
Natürlich nicht.
Wenn ich das richtig verstehe, sagte ich, gehört die Firma in Zukunft der ganzen Belegschaft.
Uns allen, sagte er.

Aber die Firma muß doch irgendwo eingetragen sein, zum Beispiel im Handelsregister. Als was denn? Als GmbH?
Ich fragte das ziemlich hilflos, ich habe von solchen Dingen keine Ahnung.
Eine »Handelsgesellschaft« sei zunächst erwogen worden, aber davon sei man wieder abgekommen. Jeder Arbeiter hätte dann zugleich Gesellschafter sein müssen, und als Gesellschafter wäre er steuerlich mehr belastet worden. Die Form einer »Genossenschaft« habe sich ebenfalls als unpraktikabel erwiesen, vor allem schon deshalb, weil jedes Mitglied dieser Genossenschaft einen Geschäftsanteil hätte übernehmen müssen. Im Falle eines Konkurses wäre er dadurch mit seinem Anteil persönlich haftbar geworden. Deshalb habe man sich entschlossen, eine kombinierte Form zu wählen: die Gründung eines »Vereins« aller Beschäftigten und die Gründung einer »GmbH«.
Und das funktioniert?
Das sei von allen Ecken her einwandfrei.
Ich zweifelte nicht daran. Vielleicht hätte ich mir sein Modell noch näher erklären lassen sollen, aber ich gab mich mit seinen Auskünften zufrieden. Die Details interessierten mich nicht, schon gar nicht die juristischen Spitzfindigkeiten. Mir ging es um mein Seelenleben. Ich hatte kein gutes Gefühl dabei.
Während ich mich verabschiedete, überlegte ich, ob ich ihn fragen sollte, wie er meine Chancen in der veränderten Firma sehe. Ich unterließ es. Einerseits erschien es mir zu früh, meine Absichten preiszugeben; andererseits hatte ich Angst vor seiner Antwort. Er war ein Funktionär geworden, und Funktionäre halten sich an ihre Instruktionen. Sie sind für alle da und also nicht für jedermann, sie werden gewählt, getragen, gezwungen von einer Mehrheit, und je größer ihre Mehrheit ist, desto besser funktionieren sie.

Für mich aber ist es wesentlich, einen Schrebergarten Freiheit zu haben. Ich will kein Kapital, und ich bin kein Kapitalist. Ich sehne mich nicht nach einem Bungalow auf Teneriffa. Nur eines brauche ich: ein Fleckchen Erde, wo ich Ich bin, und wo ich sagen kann: Diese Hütte ist mein. Hier kommt mir weder ein Kapitalist noch ein Funktionär rein, weder ein Schwätzer noch ein Karrieremacher, hier will ich mit der Katze reden oder mit Bauer Greiffs Sohn oder mit mir selber. Ich brauche 30 Quadratmeter für meine Träume. Ich will den See unverbaut; ich möchte nachts wach werden dürfen, vor die Hütte gehen und nach dem Polarstern suchen. Die Kollegen, die Arbeitskameraden, die Genossen mögen andere Wünsche haben; ich habe meine. Und wenn sich meine Wünsche nicht organisieren lassen, muß ich allein für sie einstehen.

Als ich nach Hause kam, war es Mitternacht. Die Katze lag auf ihrem Stuhl vorm Fenster und schlief. Ich sagte: Hast du etwas gegessen?

Nein, sagte sie, wie spät ist es denn?

Kurz nach zwölf. Soll ich dir etwas herrichten?

Nein, jetzt nicht mehr.

Ich öffnete das Fenster und sah hinaus. Die Wolken hingen tief, der Rhein roch sumpfig; es könnte ein Gewitter kommen. Als ich vor drei Tagen bei meiner Tochter war, hatte sie mir nach dem Abendessen gesagt: Du solltest nach Köln zurückkommen. Du hast hier deine Firma, deinen Beruf, und an den See kannst du im Alter immer noch gehen.

Ich sagte: Ich fühle mich nicht als Pensionär am See.

Der »Neger« sagte: Das kann dein Vater nur selber entscheiden.

Ja doch, sagte sie, ich habe es ja nur gut gemeint.

Meine Tochter hatte das alles sehr geschickt eingefädelt. Sie wolle ein kleines Familienfest geben, im engsten Kreis, und außer dem »Neger« komme nur noch meine geschiedene Frau. Das sei doch sicher auch in meinem Sinne, sagte sie, ohne meine Antwort abzuwarten, und ob mir der Samstagabend recht sei?
Ich hatte meine geschiedene Frau seit sieben Jahren nicht mehr gesehen. Ich wußte, daß ihre zweite Ehe nicht glücklich war, und es wäre mir unangenehm gewesen, ihren jetzigen Mann kennenzulernen. Wahrscheinlich ist das ein Vorurteil; es wäre ja durchaus möglich gewesen, daß ich mich mit ihm verstanden hätte, aber darin ist man empfindlich. Man mag den Nachfolger nicht. Man möchte die durchlebten Jahre für sich reserviert wissen, die nackten Geheimnisse weder preisgeben noch an den zukünftigen Ehemann weiterreichen. Ich sagte: Hast du denn mit deiner Mutter darüber gesprochen?
Ja, sagte sie, natürlich. Sie freut sich, dich wiederzusehen.
Die Katze sagte: Kommst du heute abend wieder so spät nach Hause?
Wahrscheinlich, sagte ich, meine Tochter hat mich eingeladen.
Aber deswegen müsse es doch nicht wieder Mitternacht werden.
Ich bin so bald wie möglich zurück, sagte ich.
Wie bald?
Vielleicht gegen Elf. Ich kann mich da nicht festlegen.

Seit wir in Köln sind, sagte sie, bist du ganz anders.
Ich habe es dir prophezeit, sagte ich.
Sie schwieg.
Vielleicht willst du mitkommen? Meine Tochter hat bestimmt nichts dagegen.
Was soll ich denn da, fragte sie, setzte sich auf ihren Stuhl vorm Fenster und sah hinaus auf den Rhein.
Also, sagte ich, dann gehe ich jetzt.
Sie gab keine Antwort.
Meine Tochter sagte: Dein Platz ist dort auf der Couch. In der anderen Ecke der Couch saß meine geschiedene Frau.
Wir sahen uns an. Tag, sagte ich und gab ihr die Hand. Mir fiel auf, daß sie ein anderes Parfum trug.
Nun trinken wir erst einmal, sagte meine Tochter und reichte uns die Gläser.
Der »Neger« fragte, ob es denn mit der Firma irgendwie weiterginge.
Irgendwie schon, sagte ich.
Meine geschiedene Frau saß neben mir, ich sah sie an. Sie hatte sich kaum verändert.
Meine Tochter sagte: Nun redet doch mal ein Wort miteinander. Ihr sitzt da wie ein Pärchen aus der Tanzstunde, das nicht weiß, ob es Händchenhalten soll oder nicht.
Meine geschiedene Frau sagte: Er hat immer viel Zeit gebraucht, um aus sich herauszugehen. Ist es nicht so?
Sie sah mich an. Wir tranken.
Ich nahm meine Meerschaumpfeife aus der Pfeifentasche, stopfte sie, zündete sie an, blies den Qualm vor mich hin, und meine geschiedene Frau sagte: Rauchst du einen anderen Tabak?
Ja, sagte ich, ich habe mich auf eine leichtere Marke umgestellt.
Meine Tochter sagte, sie wolle jetzt das Abendessen her-

richten, es gebe Steaks und jede Menge Salate, und ob mir das recht sei?
Sie wußte genau, daß Steak mit Salaten mein Leibgericht war. Meine geschiedene Frau ging mit ihr in die Küche.
Bleiben Sie denn vorerst in Europa, fragte ich den »Neger«.
Die nächsten beiden Jahre bestimmt.
So.
Und Sie? Kommen Sie zurück nach Köln?
Das ist noch nicht geklärt, sagte ich. In einer Woche, denke ich, werde ich mehr wissen.
Während wir zu Abend aßen, kam kein rechtes Gespräch auf. Ich hatte den Eindruck, daß meine Tochter verstimmt war. Sie hatte diesen Abend arrangiert, und sie hatte wohl angenommen, meine geschiedene Frau und ich wären uns gleich um den Hals gefallen und hätten in Erinnerungen geschwelgt.
Schmeckt es euch wenigstens, fragte sie.
Meine geschiedene Frau sagte: Ausgezeichnet, sehr gut.
Ich sagte: Doch, es ist ganz vorzüglich.
Der »Neger« nahm ihre Hand, sagte: Wie immer. Du bist die beste Köchin der Welt.
Nun übertreibe nicht schon wieder, sagte sie.
Meine Tochter räumte den Tisch ab, und meine geschiedene Frau wollte ihr dabei helfen. Laß nur, sagte sie, das mache ich schon allein. Der »Neger« brachte Wein, einen »Rüdesheimer Rosengarten«, und er schenkte ein. Zwei gefüllte Gläser nahm er mit in die Küche. Er wolle meiner Tochter beim Abtrocknen helfen, sagte er, dann gehe es schneller.
Ich sagte: Du hast dich überhaupt nicht verändert.
Ja, ja, sagte meine geschiedene Frau, das ist nett von dir.
Ich meine es wirklich so. Ich habe nie Komplimente machen können. Und darin habe ich mich sicher nicht verändert.

Du bist noch stiller geworden als früher, sagte sie.
So.
Ja. Lebst du allein am See?
Eigentlich nicht.
Wir schwiegen. Von der Küche her hörte man das Klirren der Teller.
Und dein Mann, fragte ich.
Der sei zu einem Ärztekongreß in München.
So hatte ich das nicht gemeint.
Du willst wissen, wie unsere Ehe funktioniert?
Es geht mich natürlich nichts an, sagte ich.
Meine Tochter und der »Neger« kamen herein, und meine Tochter sagte: Wir wollen noch ins Kino gehen. Ich hoffe, ihr habt nichts dagegen.
Aber wieso denn, sagte ich. Ich denke, wir wollten den Abend gemeinsam verbringen.
Das ist schon in Ordnung so, erwiderte sie. Dann sah sie meine geschiedene Frau an und fragte: Findest du nicht?
Meine geschiedene Frau sagte nichts.
Als sie gegangen waren, sagte ich: Das war doch bestimmt abgekartet.
Wenn du damit meinst, ich hätte bei diesem Spiel mitgekartet, irrst du dich, sagte sie. Sie sagte das ziemlich schroff.
Entschuldige, sagte ich.
Wir saßen uns gegenüber.
Und nun, fragte ich.
Nun? Nun trinken wir erst einmal.
Ich schenkte uns ein.
Warum, fragte sie plötzlich, haben wir uns eigentlich scheiden lassen?
Das weißt du genauso gut wie ich.
Wirklich?
Ja. Es gibt ein Gerichtsurteil. Und darin steht, daß du mich

betrogen hast. Und mit dem Mann, mit dem du mich damals betrogen hast, bist du heute verheiratet.
Glaubst du tatsächlich, daß es so war?
Ich sagte: War es etwa nicht so?
Juristisch war es so, sagte sie.
Später, als die Flasche leer war, sagte sie: Im Eisschrank ist bestimmt noch mehr Wein, stand auf und ging in die Küche. Ich sah ihr nach. Sie hatte ihre Schuhe ausgezogen, und als wir noch verheiratet waren, hatte ich mich darüber immer aufgeregt. Wenn du unbedingt krank werden willst, hatte ich gesagt, mußt du nur immer in Strümpfen herumlaufen, aber sie hatte das nie ernst genommen. Vierzehn Jahre lang hatte sie gesagt: Ja, ich ziehe mir gleich Pantoffeln an, aber vierzehn Jahre lang war sie eben immer nur in Strümpfen herumgelaufen. Sie kam mit einer neuen Flasche »Rüdesheimer Rosengarten« zurück, gab mir einen Korkenzieher und sagte: Machst du sie auf?
Natürlich, sagte ich.
Ich glaubte ihr immer noch nicht, daß der Kinobesuch nicht abgesprochen war.
Wenn du allerdings gehen willst, sagte sie, brauchst du es nur zu sagen. Vielleicht erwartet dich jemand.
Nein, sagte ich. Ich öffnete die Flasche und schenkte ein.
Hast du eigentlich nie daran gedacht, noch einmal zu heiraten, fragte sie.
Manchmal schon.
Und?
Es ist nichts daraus geworden.
Ich sah auf die Uhr. Ich hatte der Katze versprochen, gegen Elf zuhause zu sein.
Sie trank. Dann legte sie ihre Beine auf die Couch. Sag mal, fragte sie, wie geht es nun mit deiner Firma weiter? Stimmt das, was in den Zeitungen stand?

Die Firma ist pleite.
Und was wird mit dir?
Die Arbeiter wollen die Firma in eigener Regie übernehmen. Ich weiß nicht, was dann wird.
Geht das denn so einfach?
Es scheint so.
Nach einer Weile sagte sie: Und du fühlst dich tatsächlich wohl an deinem See?
Ja, ich bin gern dort.
Als meine Tochter mit dem »Neger« zurückkam, sagte sie: Na, worüber habt ihr euch denn unterhalten?
Über dieses und jenes, antwortete meine Frau.
Ich stand auf. Ich muß jetzt gehen, sagte ich.
Schon?
Ja. Wirklich.
Aber es ist doch nicht einmal Zwölf, sagte meine Tochter.
Ich muß morgen rechtzeitig in der Firma sein.
Der »Neger« bestellte mir ein Taxi.
Meine geschiedene Frau wollte noch bleiben.

25

Der Firmeninhaber hat nun endgültig kapituliert. Die Übergabe des Betriebes an die Belegschaft muß zwar noch notariell beglaubigt werden, aber das ist lediglich eine Formsache. In einem offenen Brief an die »Kommission der Arbeiterselbstverwaltung« hatte der Firmeninhaber mitteilen lassen, er sei nunmehr bereit, »den Betrieb den Mitarbeitern freiwillig zu übergeben«, betonte allerdings noch einmal, daß die Firma nicht durch sein Verschulden in den Bankrott geraten sei, sondern »einzig und allein durch erpresserische Machenschaften, durch außerbetriebliche linksradikale Gruppen und durch das ungesetzliche Verhalten der Gewerkschaft«. Die Kommission nutzte diesen Brief geschickt aus, ließ ihn vervielfältigen und an den schwarzen Brettern der Firma aushängen. Darunter proklamierte sie ihr eigenes Programm. Der Text dieses Aushanges lautete:

»Kollegen. Der Verwirklichung der Arbeiterselbstverwaltung steht nun nichts mehr im Wege. Unsere vordringlichsten Ziele sind folgende:
1. Den Arbeitern und Angestellten muß ein Höchstmaß an Einflußnahme und Beteiligung am Willensbildungsprozeß der Firma gewährt werden. Selbstverwaltung heißt für uns Selbstbestimmung.
2. Die Vermögensbildung aller im Produktionsprozeß Stehenden muß – in einer stufenweise zu regelnden Form – sichergestellt sein.

3. Für die Zusammenarbeit im ganzen Unternehmen (einschließlich Eintritt und Austritt von Arbeitnehmern) soll ein möglichst praktikables rechnerisches Instrumentarium geschaffen werden, das zugleich auch für die Geschäftsführung nach außen hin geschaffen ist.
Kollegen. Unser Modell ist die demokratische Konzeption einer freien Arbeiterselbstverwaltung, die jedem Arbeiter die Chance gibt, sich zu entfalten und an den wichtigsten Entscheidungsprozessen teilzunehmen.
Kommission der Arbeiterselbstverwaltung."
Im ehemaligen Sitzungszimmer der Direktion hatte die Arbeiterselbstverwaltung ihr Büro eingerichtet. Eine Kommission lud jeden Arbeitnehmer vor, um sich dessen Wünsche und Probleme anzuhören, und von meinem ehemaligen Kollegen aus dem Konstruktionsbüro hatte ich erfahren, daß die Kommission Testbögen vorbereite, aus denen sich nach Abschluß der Befragung ein klares Bild aller Probleme der Arbeitnehmer ergeben werden. Ich war für 17 Uhr bestellt.
Ich hatte Zeit und ging noch in die Kantine. Ich war nervös. Es hatte sich zwar längst herumgesprochen, welche Fragen gestellt wurden, so daß es ziemlich einfach war, sich die Antworten zurechtzulegen. Welche Antworten jedoch sollte ich geben? Zum Beispiel auf die Frage: Wo wohnen Sie in Köln? Mit einem Kapitalisten, und sei er auch nur Direktor einer kleinen Firma, läßt sich verhandeln. Mit einer Kommission auch?
Bis auf zwei Arbeiter, die am Tisch hinter mir saßen, war die Kantine leer. Ich mußte in die Küche gehen, um die Kellnerin zu holen, und ich bestellte eine Flasche Bier.
Kölsch oder Pils, fragte die Kellnerin.
Kölsch.
Aus dem Gespräch der beiden Arbeiter hörte ich heraus,

daß sie die Kommission schon hinter sich hatten. Der Jüngere sagte: In Zukunft werden wir wissen, was gespielt wird.
Der Andere gab keine Antwort.
Mein Gott, bin ich froh, daß nun alles anders wird. Warum haben wir das nicht schon früher gemacht? Jetzt müssen wir die Schulden der Herren Kapitalisten erst einmal abarbeiten, und bis wir auf plus-minus-Null sind, wird noch eine Weile vergehen.
Der Andere schwieg weiter. Die Kellnerin brachte mir eine Flasche Kölsch und ein Glas, und während ich mir einschenkte, sah ich mich kurz um. Der jüngere der beiden Arbeiter war etwa Mitte Zwanzig, der andere ungefähr Sechzig, wenn nicht älter.
Und weißt du, sagte der Jüngere, wo der Hauptfehler lag? Nein? Ich will es dir sagen: im Management. Da wurde geplant, gerechnet, kalkuliert, aber unsereins hat man da herausgehalten. Wir durften da nicht mitreden. Wir durften nicht einmal wissen, was die da oben für einsame Entschlüsse faßten. Wir durften nur arbeiten. Morgens rein in die Firma, abends raus aus der Firma, und dazwischen immer nur produzieren. Tagelang, wochenlang, jahrelang: produzieren, produzieren, produzieren. Und wenn die im Management falsch kalkuliert hatten, dann mußten wir eben noch mehr produzieren. Und wofür? Und warum? Weißt du es? Hast du jemals erfahren, wann die Firma Profite gemacht hat? Ja? Ich nicht. Ich habe immer nur meinen Stundenlohn bekommen. Und wenn man dann hinten herum dennoch etwas erfahren hatte, was ist für dich dabei herausgesprungen? Keine müde Mark. Du warst gerade gut genug, dich für andere kaputtzumachen. Verstehst du? Und wenn du das verstehst, findest du es gerecht?
Der Alte sagte: Ich habe nun mal nichts anderes gekannt.

Dann wirst du eben umlernen müssen.
Nein, erwiderte er, für mich ist das nichts mehr.
Aber verstehst du das denn nicht? Du bist jetzt dein eigener Herr. Ab sofort arbeitest du in deine eigene Tasche.
Ich bin immer gut zurechtgekommen. Und arbeitslos, sagte er, bin ich nie gewesen. Darauf bin ich stolz, weißt du.
Der Jüngere wurde lauter: Aber jetzt ist doch eine ganz andere Situation. Du arbeitest nicht mehr für Andere, du arbeitest nur noch für dich, du bist plötzlich Wer. Und was verdient wird, das verdienen wir gemeinsam, jeder hat seinen Anteil. Bisher haben wir doch für die Bürohengste mitschuften müssen, von den Kapitalisten ganz zu schweigen.
Erst müssen wir von den Schulden runter, sagte der Alte.
Von denen kommen wir schon runter, erwiderte der Jüngere. Dann machen wir eben Überstunden oder verzichten auf die Weihnachtszulage. Über eine gewisse Durststrecke müssen wir eben hinwegkommen.
Wenn ihr eure Durststrecke hinter euch habt, werde ich von meiner Rente leben müssen. Falls es dann noch eine gibt.
Ich sah auf die Uhr. Es war zehn vor Fünf. Ich zahlte und ging hinüber zur Kommission. Ich mußte zwanzig Minuten warten, bis ich an der Reihe war.
Den Vorsitz führte ein Facharbeiter, Ende Dreißig vielleicht, und man hatte mir gesagt, daß man für dieses Amt ganz bewußt kein Mitglied des ehemaligen Betriebsrates gewählt habe. Warum, wußte ich nicht. Der Vorsitzende sagte: Kollege, wie lange bist du schon in der Firma?
Seit 23 Jahren.
Und du arbeitest im Konstruktionsbüro.
Ja.
Bist du verheiratet, hast du Kinder?
Ich antwortete, daß ich geschieden und meine Tochter erwachsen sei.

Er machte sich Notizen.
Was hast du bisher verdient?
Zwölfhundert Mark.
Nur? Wie kommt denn das?
Wissen Sie, sagte ich, ich habe eine Sondergenehmigung. Ich brauche nicht im Konstruktionsbüro zu arbeiten. Ich fertige meine Gutachten zuhause an, und außerdem arbeite ich seit über einem Jahr an einem großen Brückenprojekt. Die Brücke soll einmal über den Bodensee führen.
Du bist also überhaupt nicht mehr in die Firma gegangen?
Nein.
Moment mal, sagte er, wendete sich dem Mann, der rechts neben ihm saß, zu und redete mit ihm. Ich konnte nicht verstehen, was sie sagten. Ich betrachtete mir die Gesichter der anderen Kommissionsmitglieder. Mein früherer Kollege aus dem Konstruktionsbüro blickte zum Fenster hinaus; ich war überzeugt, daß er mich bewußt nicht ansah.
Der Vorsitzende fragte: Von wem hast du diese Sondergenehmigung bekommen?
Vom Direktor, sagte ich.
Einer aus der Kommission sagte: Wir haben keinen »Direktor« mehr, Kollege.
Ich weiß, sagte ich. Aber damals war er ja noch Direktor.
Das gehört doch gar nicht hierher, sagte der Vorsitzende. Er war verärgert.
Ehe sie es aus mir herausfragten, schien es mir klüger zu sein, das Thema selber anzuschneiden. Ich sagte: Außerdem lebe ich auch nicht mehr in Köln. Ich habe eine Hütte am See, und dort arbeite ich.
In einer Hütte?
Ja.
Einer sagte: Und dein Schreibtisch steht auf einer Wiese, wie?

Im Sommer ja, erwiderte ich.
Die ganze Kommission lachte. Ich stand da, wußte nicht, was ich tun sollte, dachte an den See, die Katze, den Josef, sie lachten noch immer, und plötzlich kam mir der Gedanke, was der Josef wohl in meiner Situation getan hätte. Ich wußte es nicht, ich konnte keinen Gedanken zuende denken. Sie lachten mich aus, und sie demütigten mich. Als die neuen Herren benehmen Sie sich ziemlich taktlos, sagte ich.
Einer rief mir zu: Wir sind keine »Herren«, merk dir das.
Der Vorsitzende sagte: Kollege, nun nimm das mal nicht so tragisch. Man wird ja noch lachen dürfen.
Ich habe nichts dagegen, daß Sie lachen, sagte ich. Ich habe nur etwas dagegen, daß Sie mich auslachen. Ich bin nicht als Ihr Hofnarr hier.
Der Mann neben dem Vorsitzenden sagte: Wir haben jahrzehntelang nichts zu lachen gehabt, Kollege. Darin haben wir also einen Nachholbedarf. Und den wirst du uns schon gönnen müssen.
Ich habe Sie nie am Lachen gehindert, erwiderte ich. Ich bin nie ein Vorsitzender gewesen, nie ein Boß, schon gar kein Kapitalist. Ich habe meine Arbeit getan. Und was ich geleistet habe, läßt sich leicht feststellen. Sie besitzen die Unterlagen, es ist kein Problem, sie zu überprüfen.
Der Vorsitzende sagte: Es wäre für uns alle gut, wenn wir das Gespräch nun wieder in aller Ruhe fortsetzten. Wir wollen dir ja nichts, Kollege. Und wenn du meinst, wir hätten dich ausgelacht, so entschuldige ich mich bei dir, auch im Namen der Kommission.
Ich schwieg.
Nimmst du die Entschuldigung an, fragte er.
Ja. Danke.
Also, sagte er, du wohnst am See.

Ja.
Wie lange schon?
Zuerst immer nur für ein paar Wochen. Ständig am See lebe ich seit drei Jahren.
Und warum?
Ich möchte darauf nicht antworten.
Kannst du das begründen?
Die Kommission würde meine Gründe nicht begreifen.
Vielleicht doch?
Nein.
Der Vorsitzende machte sich wieder Notizen.
Nun gut, sagte er. Aber jetzt, wo die Firma uns gehört, wärst du vielleicht bereit, nach Köln zurückzukommen und deinen Arbeitsplatz wieder einzunehmen.
Nicht unbedingt.
Nicht unbedingt? Welche Bedingungen stellst du denn?
Ich komme nach Köln zurück, wenn mir nichts anderes übrig bleibt. Und es bliebe mir nichts anderes übrig, wenn die Firma mich verhungern läßt.
Der Vorsitzende sagte: Kollege, jetzt will ich dir einmal etwas sagen. Du wärest längst verhungert, wenn wir die Firma nicht vor dem Bankrott gerettet hätten. Wenn wir nicht wären, lägst du schon jetzt auf der Straße. Und auch das will ich dir noch sagen: Wir lassen keinen verhungern, im Gegenteil; wir beschäftigen uns hier mit dir, damit die Firma wieder auf die Füße fällt und damit du deinen Arbeitsplatz behältst. So sieht das aus.
Ich gab keine Antwort.
Ich möchte gern deine Meinung dazu hören, sagte der Vorsitzende.
Meine Meinung, sagte ich, läßt sich in zwei Sätzen zusammenfassen. Erstens: ich will arbeiten wie jeder Andere auch. Ich stelle also meine Arbeitskraft der Firma zur Ver-

fügung. Zweitens: ich will leben. Aber leben will ich nicht wie jeder Andere auch, sondern wie ich will. Ich opfere pro Tag 8 Stunden für die Firma, meinetwegen auch 10, aber die verbleibenden 14 Stunden gehören mir.
Wenn das so ist, sagte der Vorsitzende, bist du für uns nicht tragbar.
Und warum?
Wir sind dabei, Kollege, aus einem bisher kapitalistisch geführten Betrieb eine Gemeinschaft von gleichberechtigten Anteilseignern zu machen. Und dazu brauchen wir Mitarbeiter, die bereit sind, sich mit uns, wann immer es notwendig ist, an einen Tisch zu setzen, um alle anfallenden Probleme zu diskutieren. Für Einzelgänger und Mitläufer ist kein Platz mehr bei uns.
Ich bin nie mitgelaufen, sagte ich. Aber wenn Sie es wünschen, könnte ich Ihnen ein paar permanente Mitläufer nennen, auch aus dieser Kommission.
Findest du, daß dies zur Sache gehört?
Im Augenblick vielleicht nicht. Aber in ein oder zwei Jahren wird es zur Sache gehören, zu Ihrer Sache, da bin ich ganz sicher. Und was den Einzelgänger angeht, so darf ich Ihnen sagen, daß es gerade in meinem Beruf die Einzelgänger gewesen sind, die etwas zuwege gebracht haben. Bei einem Fließbandarbeiter mag das anders sein. Nur, man sollte nicht alle über einen Kamm scheren.
Der Vorsitzende sah mich an. Du bist der Erste, der uns Schwierigkeiten macht, sagte er.
Ich schwieg.
Die Kommission wird jetzt über deinen Fall beraten. Willst du bitte hinausgehen und etwa zehn Minuten draußen warten.
Ich ging hinaus. Ich lief den Gang auf und ab. Dem Urteil der Kommission sah ich ziemlich gelassen entgegen. Ich war

mit mir zufrieden; ich hatte weder einen Katzbuckel gemacht noch mit meiner Meinung zurückgehalten. Ich denke, man muß sich entscheiden. In Köln wäre ich unabhängig gewesen, zumindest unabhängig von Geld, am See aber war ich frei. Ich wurde wieder hereingerufen, und der Vorsitzende sagte: Ich habe noch zwei Fragen an dich.
Ja.
Wärst du unter Umständen bereit, ganz in die Firma zurückzukehren?
Unter welchen Umständen?
Deinen Arbeitsplatz wieder einzunehmen und an der Arbeiterselbstverwaltung aktiv teilzunehmen.
Nein.
Und warum nicht?
Ich habe diese Frage immer wieder beantworten müssen, erwiderte ich. Auch dem Direktor schon. Sie können daraus entnehmen, daß die Fragen die gleichen geblieben sind. Ich wiederhole also, daß ich meine Arbeit an jedem Ort der Welt verrichten kann. Ich bin weder an eine bestimmte Arbeitszeit gebunden noch an einen feststehenden Arbeitsplatz. Meine Pflicht ist es, etwas zu leisten, und diese Leistung können Sie jederzeit kontrollieren. Und wenn Sie sagen, ich sollte mich an der Arbeiterselbstverwaltung beteiligen, so antworte ich Ihnen, daß ich das nicht möchte. Ich halte mich nicht dafür geeignet. Ich möchte nicht in einem Gremium sitzen, das darüber bestimmt, was der Einzelne verdient, wieviel Pension er bekommen soll oder ob er zu kündigen ist.
Der Vorsitzende unterbrach mich: Mit anderen Worten, du willst keine Verantwortung übernehmen.
Ich übernehme die Verantwortung für meine Arbeit. Das habe ich gelernt, das kann ich. Ich lehne es jedoch ab, über

das Schicksal anderer Menschen mitzubestimmen. Ich bin dafür nicht geeignet.
Du vergißt, sagte der Vorsitzende, daß die Kommission oder der zukünftige Vorstand in freier Wahl gewählt werden. Er wird aus zehn Mitgliedern bestehen, die nur für drei Jahre gewählt sind. Danach wird es Neuwahlen geben. Schon dadurch ist sichergestellt, daß nicht 10 Arbeiter über 270 andere Arbeiter herrschen können.
Ich gab keine Antwort.
Das Argument überzeugt dich nicht?
Es hat noch nie funktioniert. Die 10 Vorstandsmitglieder sind nach drei Jahren so eingespielt, daß sie jedermann einreden, sie seien unersetzbar. Darüber hinaus haben sie längst ihre Interessengruppen gebildet und wissen schon vor der Wahl, wieviel Stimmen sie bekommen werden. Wer einmal Funktionär war, bleibt es auch.
Da wirst du dich bei uns noch wundern, sagte der Vorsitzende.
Ich wußte nicht, ob ich gehen sollte.
Dann sagte der Vorsitzende: Es gibt noch eine andere Möglichkeit, Kollege. Wir wollen die Anzahl der Belegschaftsmitglieder nämlich reduzieren. Wir sind bereit, bis zu 9000 Mark dem zu zahlen, der freiwillig und ohne Rechtsansprüche aus der Firma ausscheidet. Wäre das für dich akzeptabel?
Ja, sagte ich.
Vielleicht möchtest du es dir noch einmal überlegen? Wir geben dir gern eine Bedenkzeit.
Nein, sagte ich, das geht in Ordnung.

26

Die Katze schlief noch. Ich sah auf die Uhr, es war kurz nach Fünf. Als ich am gestrigen Abend zu Bett gegangen war, hatte ich die Fenstervorhänge nur halb zugezogen, so daß mir jetzt die Sonne ins Gesicht schien und mich aufgeweckt hatte. Ich stand auf, zog mir die Hose an, warf mir ein Hemd über und öffnete vorsichtig die Hüttentür.
Ehe ich hinausging, sah ich mich noch einmal um. Die Katze war aufgewacht und blinzelte mich an. Wohin gehst du denn, fragte sie.
Ich vertrete mir nur die Füße, antwortete ich. Zum Frühstück bin ich wieder zurück.
Sie machte die Augen zu und schlief weiter, zumindest tat sie so.
Ich ging barfuß durch die Wiese, sie war feucht vom Tau. Im Dorf war noch alles ruhig. Als ich ans Ufer kam, schreckte ich die Tiere auf. Die Fische schwammen hastig davon. Ein Frosch sprang unmittelbar vor meinen Füßen hoch, ich erschrak, aber ich konnte noch gerade die Stelle ausfindig machen, auf der er gelandet war. Er lag auf einem vertrockneten Distelblatt, hatte riesengroße Augen, und er japste so aufgeregt, daß man meinen konnte, er keuche um sein Leben. Ich überlegte, ob auch Frösche vor Angst einen Herzinfarkt bekommen können. Dann sprang er fort, und ich wußte nicht wohin. Wahrscheinlich kennen Frösche gar keine Angst.
Die Haubentaucher schwammen dicht am Ufer entlang, dichter jedenfalls als am Tag. Manchmal blickten sie kurz

zu mir herüber, aber ich schien sie nicht zu stören. Auf der anderen Seite des Sees waren die Schwäne; es sind inzwischen drei geworden, alle gleich groß, offenbar kein Elternpaar mit seinem Jungen also, doch sie vertragen sich, ich weiß nicht wie.

Ich ging am Ufer entlang, krempelte mir die Hosenbeine hoch und watete durchs Wasser. Die Berge lagen im Dunst, der Himmel war wolkenlos, und die Sonne warf einen breiten, glitzernden Streifen über den See. Wenn man hineinsah, blendete er die Augen, man konnte das nicht aushalten. Ich wunderte mich, daß keiner der Fischer auf dem See war; vielleicht warteten sie auf Regen.

Ich setzte mich ins Gras und sah ins Wasser. Seit Tagen las ich die Annoncen in der Rubrik »Stellenangebote«, aber ich hatte nichts gefunden, was für mich in Frage gekommen wäre; das beste würde sein, selber zu inserieren. Ich hatte mich damit abgefunden, eventuell auch in einem anderen Beruf arbeiten zu müssen, in einer Bücherei etwa oder beim Fernmeldeamt, zumal ich in den ersten Semestern meines Studiums vor allem Elektrotechnik belegt hatte. Außerdem blieb mir noch die Volkshochschule in Kempten. Wenn ich dieselbe Stundenzahl auch an der Volkshochschule in Immenstadt geben könnte, würde ich zwar kein ausreichendes Einkommen haben, immerhin aber so viel, daß meine monatlichen finanziellen Verpflichtungen gedeckt waren.

Ich glaubte nicht an das Experiment meiner Kölner Firma. Eine einzelne Firma verändert kein System. Man wird nicht sozialistisch, in dem man lediglich das Privateigentum abschafft. Niemandem ist damit geholfen, die sogenannte »Macht von oben« an die sogenannte »Basis« zurückzugeben. Wer die Produktionsmittel übernimmt, beseitigt damit nicht die Produktionsweise. Die Kapitalisten sind zwar auch irgendwelche Eigentümer, aber viel wesentlicher ist es, daß sie bestimmen, wann und wie und was produziert wird. Die Firma hatte den Inhaber davongejagt und an seine Stelle 280 Inhaber gesetzt. Jeder sein eigener Eigentümer, und alle ein Verein von Miniaturkapitalisten. Wer die Welt verändern will, muß den Menschen ändern; dann ändern sich die Systeme von selbst.

Ich warf ein paar Steine ins Wasser, stand auf und ging zur Hütte zurück. Kurz vorm Bootshaus traf ich Bauer Greiffs Sohn, und ich fragte: Was machst du denn hier?

Ich gehe schwimmen.

Mußt du nicht in den Stall?

Nein, die Schule hat wieder angefangen. Und ich habe ganz wenig Zeit, weil ich noch einen Hausaufsatz schreiben muß.

Das hättest du besser gestern gemacht, sagte ich.

Ich weiß, aber gestern bin ich nicht dazu gekommen.

Klar, sagte ich, wenn man bis in die Nacht hinein spielt, kommt man nicht mehr zu Schularbeiten.

Er stand vor mir, sah zu Boden, scharrte mit seinen Zehen in der Erde und wußte nicht, was er antworten sollte. Plötzlich sagte er: Du könntest mir dabei gut helfen. Dann bin ich schneller fertig. Um Acht muß ich nämlich in der Schule sein.

Ich fragte: Welches Thema sollst du denn behandeln?

»Wenn ich Minister wäre«, sagte er.

Das ist doch nicht so schwierig, das schaffst du auch allein.

Nein, erwiderte er, mir fällt und fällt nichts ein.

Er sagte das sehr betont und mit zusammengezogener Stirn, wie ein Alter.

Also gut, sagte ich, dann kommst du nach dem Schwimmen in die Hütte.

Er schwieg und blieb vor mir stehen.

Was ist, fragte ich.

Weißt du, sagte er, wäre es nicht besser, du fingest schon einmal an? Ich ginge dann jetzt schwimmen, und wenn ich zurück bin, sind wir schneller fertig.
Hast du »wir« gesagt, fragte ich.
Bitte, sagte er.
Ich ging zur Hütte. Die Katze lag auf der Bank; sie war anscheinend noch müde. Ich mach jetzt das Frühstück, sagte ich.
Gut, sagte sie und schlief weiter.
Ich setzte Kaffeewasser auf und schrieb ein paar Sätze zum Thema »Wenn ich Minister wäre«. Als Minister würde ich für sauberes Wasser in den Seen sorgen, schrieb ich, für weniger Autos und also für weniger Unfälle und weniger Gestank, ich würde den Bauern mehr Geld geben und deren Kinder genauso fördern wie die Kinder aus der Stadt, und als Minister, schrieb ich, wäre ich öfter bei den ärmeren Leuten, damit ich deren Sorgen besser kennenlernte, und ich würde nicht so viele schwarze Anzüge tragen und dafür sorgen, daß die Lehrer keine Zensuren mehr geben dürfen und die Hausaufgaben abgeschafft werden.
Ich kochte mir ein Ei. Die Katze ißt Eier lieber roh, und ich rief zum Hüttenfenster hinaus: Willst du Wurst oder Käse?
Halb und halb, antwortete sie.
Dann komm jetzt herein, sagte ich.
Wir frühstückten. Bauer Greiffs Sohn war noch immer nicht zurückgekommen; ich wußte genau, daß er sich ganz bewußt viel Zeit ließ in der Hoffnung, ich würde den Aufsatz schon zuende schreiben. Als er endlich kam, war er außer Atem, zitterte am ganzen Körper, hatte blaue Lippen, und weil er sich derart überanstrengt hatte, brachte er keinen zusammenhängenden Satz heraus und mußte nach jedem Wort Atem holen.

Du sollst nicht solange tauchen, sagte ich, das weißt du ganz genau.
Ja. Und mein Aufsatz?
Der ist fertig.
Hoffentlich hast du ihn auch so geschrieben, daß ich alles lesen kann.
Ich wollte ihm das Blatt geben, als er mir seine Hände zeigte und sagte: Ich bin noch ganz naß. Schieb mir das Blatt doch eben unter die Haustür, ja? Ich muß mich nämlich beeilen.
Die Katze fragte: Was machen wir heute?
Keine Ahnung, sagte ich. Nichts. In die Sonne legen.
Vielleicht gehen wir nach dem Frühstück zum Wäldchen, und dann überlegen wir weiter.
Auch gut, sagte ich.
Wir vertrödelten den Tag, lagen am Seeufer, am Waldrand, spielten miteinander, und erst gegen Abend gingen wir in die Hütte zurück. Es war windstill und schwül. Die Hitze hatte sich in der Hütte festgesetzt, ich öffnete die Tür und alle Fenster, nichts half. Selbst die Katze meinte, nun könne es ruhig einmal Regen geben.
Ich konnte nicht einschlafen. Ich wälzte mich hin und her, sah jede Stunde auf die Uhr, Mitternacht war längst vorüber, und obwohl ich am ganzen Körper schwitzte, fror ich an den Füßen, und in kurzen, regelmäßigen Abständen lief mir ein eiskalter Frost den Rücken hinunter. Ich rieb mir den Schweiß aus dem Gesicht, zog die Wolldecke bis ans Kinn, schwitzte, fror und zitterte. Wenn ich wirklich einmal für kurze Zeit einschlief, hatte ich fiebrige Träume.
Meine geschiedene Frau lag auf der Couch und las in einer Illustrierten. Die Katze kam herein, meine geschiedene Frau erschrak, warf die Illustrierte fort, sprang auf, sah die Katze an und sagte: Was willst du hier?

Die Katze sagte: Ich sehe mich bloß einmal um.
Aber was soll das denn, fragte meine geschiedene Frau, du kannst doch nicht einfach die Wohnung inspizieren, wer hat dich überhaupt hereingelassen?
Die Tür stand offen, antwortete die Katze.
Das glaube ich nicht.
Doch.
Meine geschiedene Frau ging zur Etagentür, sie war verschlossen. Der Schlüssel steckte von innen. Sie ging zurück ins Wohnzimmer, die Katze saß im Sessel. Also, was ist? Was willst du hier? Du hast hier nichts zu suchen.
Die Katze sagte: Stell dich nur nicht so an. Ich tue dir schon nichts.
Dann stand der Josef vor der Kommission und der Vorsitzende sagte: Auf Leute wie dich können wir gut verzichten.
Ich weiß, sagte der Josef.
Du bist also bereit, von dir aus zu kündigen?
Es wäre mir lieber, wenn ihr das machtet.
Wieso lieber? Was meinst du damit?
Es muß alles seine Ordnung haben, sagte der Josef.
Der Vorsitzende machte sich ununterbrochen Notizen. Plötzlich schrie er den Josef an: Mit Leuten wie dir wollen wir nichts zu tun haben. Du hast es gar nicht verdient, daß wir uns mit dir beschäftigen. Du stiehlst uns nur unsere Zeit. Wie lange bist du überhaupt in der Firma?
In der Firma? Ich ginge doch nie in eine Firma, sagte der Josef.
Später oder früher oder zwischendurch, ich weiß es nicht, kam ich ins Wohnzimmer meiner Tochter, und ich sah, wie sie auf Nurmis Schoß saß. Sie küßten sich. Nurmi hatte ihr die Bluse geöffnet und streichelte ihre nackte Brust. Zunächst stand ich wie erstarrt da; dann zerrte ich meine

Tochter von Nurmis Schoß, sie fiel zu Boden, knöpfte ihre Bluse zu, sah mich entsetzt an, und ich sagte: Weißt du denn nicht, daß dieser Mensch rückwärts lebt? Du kannst dich mit dem doch nicht einlassen.
Nurmi sagte: Was wollen Sie eigentlich? Wir sind verlobt.
Ich wollte das nicht wahrhaben. Zu meiner Tochter sagte ich: Verstehst du das denn nicht? Dieser Kerl lebt rückwärts. Er wird mit jedem Jahr um ein Jahr jünger. Du kannst dich nicht mit ihm einlassen. Wenn du Fünfzig bist, wird der gerade Zwanzig sein. Das kann nie gutgehen.
Meine Tochter sah mich an, sie lachte. Warum nicht, fragte sie. Mit Fünfzig einen zwanzigjährigen Ehemann zu haben, ist doch gar nicht so übel.
Ich wußte darauf keine Antwort, ging hinaus und warf die Tür hinter mir zu. Auf der Straße traf ich den »Neger«. Er sagte: Vergessen Sie den Hochzeitstag nicht, es ist der 14. November.
Die Katze hatte sich verlaufen, sie irrte durch Köln. Auf der »Hohe Straße« rannte ein kleiner Junge hinter ihr her und wollte sie einfangen; die Katze lief ihm davon. Sie versteckte sich im Keller eines Schuhgeschäftes und verkroch sich hinter einem Stapel Kartons. Ich sagte: Warum willst du denn nicht mehr bei mir bleiben?
Ich stand auf, zog mir den Schlafanzug aus, rieb mir mit meinem Badetuch den Schweiß vom Körper, überlegte, ob ich mich mit kaltem Wasser abwaschen sollte, aber ich ließ es. Ich hatte Angst, mich zu erkälten. Ich ging ans Fenster und sah, wie Bauer Greiff mit einem Fremden sprach. Zunächst dachte ich, der Fremde wolle zu mir; aber dann gingen sie hinüber zum Stall.
Gegen Mittag kam der Pfarrer, etwas später der Josef. Der Pfarrer kommt zweimal im Jahr, einmal im Frühjahr, ein-

mal im Herbst, wahrscheinlich stehe ich in seinem Notizbuch. Er sagte: Sie waren ziemlich lange in Köln.
Ja, sagte ich, es ließ sich nicht anders machen.
Das Fieber hatte nicht nachgelassen.
Ich bin noch nie in Köln gewesen, sagte er.
In Köln war ich auch noch nicht, sagte der Josef. Aber wenn ich vor zweihundert Jahren gelebt hätte, wäre ich bestimmt an den Rhein gezogen. Und wissen Sie warum?
Nein.
Ich hätte Gold gesucht.
Gold?
Ja. Die Leute hätten damals mehr als dreihundert Kilogramm Gold aus dem Rhein geholt.
Der Pfarrer meinte, das wisse doch ein jeder.
Ich hatte es nicht gewußt. Ich wollte ihnen nicht sagen, daß ich mich krank fühlte, und sie bemerkten es auch nicht. Und was ich denn von der Sache mit der kleinen Tochter vom Weiler Hof hielte.
Was ist damit?
Das wissen Sie nicht?
Nein.
Ein purer Zufall, meinte der Pfarrer.
Das glaube er nicht, sagte der Josef.
Was war denn mit dem Mädchen?
Nun, erwiderte der Pfarrer, er habe damals gerade Religionsunterricht gegeben, vor drei Wochen etwa. Und plötzlich habe sich die Kleine vom Weiler Hof gemeldet und gesagt, sie müsse unbedingt nach Hause. Warum denn, wollte der Pfarrer wissen, doch das Mädchen habe furchtbar geweint und gesagt, es müsse sofort nach Hause, ihre Mutter wäre in der Küche zusammengebrochen; jetzt läge sie ohnmächtig auf dem Boden, in der rechten Hand hielte sie ein Taschentuch, und wenn nicht sofort ein Arzt geholt

würde, müßte ihre Mutter sterben. Woher willst du das denn wissen, hatte der Pfarrer gefragt, aber das Mädchen hätte nur noch mehr geweint und geantwortet, sie habe ihre Mutter ganz deutlich vor sich gesehen.
Und dann?
Der Pfarrer hatte das Mädchen nach Hause geschickt, und alles war so gewesen, wie sie es vorhergesagt hatte. Der Doktor meinte sogar, er sei gerade noch rechtzeitig gekommen.
Und Sie glauben an so etwas, fragte ich.
Er gebe nur wieder, was er erlebt habe, sagte der Pfarrer.
Der Josef schwieg.
Das Fieber ließ nicht nach. In meinem Nacken sammelten sich die Schweißtropfen, liefen mir langsam den Rücken hinunter, und die schmalen Spuren, die sie hinterließen, klebten sich eiskalt fest. Ich wunderte mich, daß niemand merkte, wie elend mir war.
Solche Geschichten, sagte der Josef, höre man immer wieder. Es gebe dafür eine ganz einfache Erklärung: Telepathie. Im Grunde könne das jeder Mensch, aber die meisten glaubten nicht daran, und natürlich müsse man solche Fähigkeiten ausprobieren und immer wieder üben.
Der Pfarrer meinte, zum größten Teil sei das nichts als Kurpfuscherei.
In diesem Fall aber offensichtlich nicht, erwiderte der Josef.
Ich schwieg.
Nein, sagte der Josef, da habe er eine viel bessere Geschichte, und die handle von einer Frau, die sich genau erinnern konnte, daß sie im 18. Jahrhundert schon einmal gelebt hatte. Die Frau hätte exakt beschrieben, in welchem Ort sie geboren sei, welchen Namen sie gehabt habe, welchen Ehemann, wieviel Kinder, und mit 66 Jahren sei sie gestorben.

Ich sagte: Mir geht es heute nicht gut, ich habe Fieber.
Ach so.
Vielleicht erzählen Sie die Geschichte ein andermal.
Soll ich den Arzt holen, fragte der Pfarrer.
Nein, lassen Sie nur. Das geht auch so vorüber.
Denn die Frau, sagte der Josef, müsse tatsächlich im 18. Jahrhundert gelebt haben, dafür gebe es Beweise.
Der Pfarrer meinte, auf solchen Schwindel solle man doch um Gottes willen nicht hereinfallen.
Aber an ein Leben nach dem Tode soll ich Ihnen zuliebe glauben, erwiderte der Josef.
Nicht mir zuliebe, sagte der Pfarer.
Der Schweiß lief mir über die Stirn, und ich zitterte wieder.
Sollte man nicht doch den Arzt holen, fragte der Josef.
Nein, sagte ich, so schlimm ist es wirklich nicht. Ich dachte an Nurmi.

27

Wir saßen auf der Bank vor der Hütte und sahen uns die Nacht an. Der Himmel war bewölkt, der See ohne Mond. Wenn es ganz still war, hörte man das Quaken der Frösche, den Nachtruf eines Haubentauchers und manchmal sogar einen aufgeregten Fisch, der übers Wasser sprang.
Die Katze schwieg.
Ich sagte: In diesem Jahr bin ich noch kein einziges Mal über den See geschwommen.
Warum auch, sagte die Katze.
Mich ärgert das.
Daran ist doch nichts Ärgerliches. Dann schwimmst du eben in diesem Jahr nicht über den See.
Ich sagte: Es wäre das erste Mal.
Sie setzte sich auf meinen Schoß, ich streichelte sie.
Für mich, sagte ich, bedeutet das mehr. Es ist so etwas wie Selbstbestätigung. Ich möchte mir beweisen, daß ich es noch schaffe.
Über den See zu schwimmen?
Ja.
Der See, meinte sie, sei jetzt viel zu kalt, ich sollte das lieber lassen, gerade im Herbst wäre das gefährlich.
Ich kenne doch den See, sagte ich.
Die Katze sah mich an. Ich nahm ihren Kopf und strich ihr zwischen Nase und Augen die Schlafreste fort. Du bist ja todmüde, sagte ich.
Wir könnten doch einmal richtig ausschlafen, was meinst du?

Gut, sagte ich, aber morgen werde ich über den See schwimmen.
Es ist zu gefährlich, erwiderte sie. Um diese Jahreszeit geht kein Mensch mehr ins Wasser, und wenn etwas passiert, bist du mutterseelenallein. Du solltest es nicht tun.
Ach was, sagte ich, über den See schwimme ich noch allemal, das wäre doch gelacht.

Alphabetisches Gesamtverzeichnis
der suhrkamp taschenbücher

Abe: Die vierte Zwischeneiszeit 756

Achternbusch: Alexanderschlacht 61
- Der Depp 898
- Das letzte Loch 803
- Der Neger Erwin 682
- Servus Bayern 937
- Die Stunde des Todes 449

Rut Achternbusch: Der Herzkasperl 906

Adorno: Erziehung zur Mündigkeit 11
- Studien zum autoritären Charakter 107
- Versuch, das ›Endspiel‹ zu verstehen 72
- Versuch über Wagner 177
- Zur Dialektik des Engagements 134

Aitmatow: Der weiße Dampfer 51

Alain: Die Pflicht, glücklich zu sein 859

Aldis: Der unmögliche Stern 834

Alegría: Die hungrigen Hunde 447

Alewyn: Probleme und Gestalten 845

Alsheimer: Eine Reise nach Vietnam 628
- Vietnamesische Lehrjahre 73

Alter als Stigma 468

Anders: Erzählungen. Fröhliche Philosophie 432

Ansprüche. Verständigungstexte von Frauen 887

Arendt: Die verborgene Tradition 303

Arguedas: Die tiefen Flüsse 588

Artmann: How much, schatzi? 136
- Lilienweißer Brief 498
- The Best of H. C. Artmann 275
- Unter der Bedeckung eines Hutes 337

Augustin: Raumlicht 660

Babits: Der Storchkalif 976

Bachmann: Malina 641

Bahlow: Deutsches Namenlexikon 65

Balint: Fünf Minuten pro Patient 446

Ball: Hermann Hesse 385

Ballard: Der ewige Tag 727
- Die Tausend Träume 833
- Kristallwelt 818
- Billennium 896
- Der tote Astronaut 940
- Das Katastrophengebiet 924

Barnet: Der Cimarrón 346
- Das Lied der Rachel 966

Beach: Shakespeare and Company 823

Becher: Martin Roda, An den Grenzen des Staunens 915

Becker, Jürgen: Die Abwesenden 882
- Gedichte 690

Becker, Jurek: Irreführung der Behörden 271
- Der Boxer 526
- Jakob der Lügner 774
- Nach der ersten Zukunft 941
- Schlaflose Tage 626

Becker/Nedelmann: Psychoanalyse und Politik 967

Beckett: Das letzte Band (dreisprachig) 200

- Der Namenlose 546
- Endspiel (dreisprachig) 171
- Glückliche Tage (dreisprachig) 248
- Malone stirbt 407
- Mercier und Camier 943
- Molloy 229
- Warten auf Godot (dreisprachig) 1
- Watt 46

Behrens: Die weiße Frau 655
Beig: Raben krächzen 911
Beißner: Der Erzähler F. Kafka 516
Bell: Virginia Woolf 753
Benjamin: Deutsche Menschen 970
- Illuminationen 345
- Über Haschisch 21

Zur Aktualität Walter Benjamins 150
Beradt: Das dritte Reich des Traums 697
Bernhard: Das Kalkwerk 128
- Der Kulterer 306
- Frost 47
- Gehen 5
- Salzburger Stücke 257

Bertaux: Hölderlin 686
- Mutation der Menschheit 555

Beti: Perpétue und die Gewöhnung ans Unglück 677
Bienek: Bakunin: eine Invention 775
Bierce: Das Spukhaus 365
Bioy Casares: Fluchtplan 378
- Die fremde Dienerin 962
- Morels Erfindung 939
- Schlaf in der Sonne 691
- Tagebuch des Schweinekriegs 469

Blackwood: Besuch von Drüben 411
- Das leere Haus 30
- Der Griff aus dem Dunkel 518
- Der Tanz in den Tod 848

Blatter: Zunehmendes Heimweh 649
- Schaltfehler 743
- Love me tender 883

Böni: Ein Wanderer im Alpenregen 671
Bohrer: Ein bißchen Lust am Untergang 745
Bonaparte: Edgar Poe: 3 Bde. 592
Brandão: Null 777
Brasch: Kargo 541
- Der schöne 27. September 903

Bratny: Die Hunde 877
Braun: J. u. G., Conviva Ludibundus 748
- Der Fehlfaktor 687
- Der Irrtum des Großen Zauberers 807
- Unheimliche Erscheinungsformen auf Omega XI 646
- Das kugeltranszendentale Vorhaben 948
- Der Utofant 881
- Der unhandliche Philosoph 870
- Die unhörbaren Töne 983

Braun: Das ungezwungene Leben Kasts 546
- Gedichte 499
- Stücke 1 198
- Stücke 2 680

Brecht: Frühe Stücke 201
- Gedichte 251
- Gedichte für Städtebewohner 640
- Geschichten von Herrn Keuner 16
- Schriften zur Gesellschaft 199

Brecht in Augsburg 297

Bertolt Brechts Dreigroschenbuch 87
Brentano: Berliner Novellen 568
– Theodor Chindler 892
Broch, Hermann: Werkausgabe in 17 Bdn.:
– Briefe I 710
– Briefe II 711
– Briefe III 712
– Dramen 538
– Gedichte 572
– Massenwahntheorie 502
– Novellen 621
– Philosophische Schriften 2 Bde. 375
– Politische Schriften 445
– Schlafwandler 472
– Schriften zur Literatur 1 246
– Schriften zur Literatur 2 247
– Die Schuldlosen 209
– Der Tod des Vergil 296
– Die Unbekannte Größe 393
– Die Verzauberung 350
Brod: Tycho Brahes Weg zu Gott 490
Broszat: 200 Jahre deutsche Polenpolitik 74
Buch: Jammerschoner 815
Budgen: James Joyce u. d. Entstehung d. Ulysses 752
Büßerinnen aus dem Gnadenkloster, 632
Bulwer-Lytton: Das kommende Geschlecht 609
Campbell: Der Heros in tausend Gestalten 424
Carossa: Ungleiche Welten 521
– Der Arzt Gion 821
Über Hans Carossa 497
Carpentier: Die verlorenen Spuren 808
– Explosion in der Kathedrale 370
– Krieg der Zeit 552

Celan: Atemwende 850
Chalfen: Paul Celan 913
Chomsky: Indochina und die amerikanische Krise 32
– Kambodscha Laos Nordvietnam 103
Cioran: Die verfehlte Schöpfung 550
– Vom Nachteil geboren zu sein 549
– Syllogismen der Bitterkeit 607
Cisek: Der Strom ohne Ende 724
Claes: Flachskopf 524
Cortázar: Album für Manuel 936
– Bestiarium 543
– Das Feuer aller Feuer 298
– Die geheimen Waffen 672
– Ende des Spiels 373
Dahrendorf: Die neue Freiheit 623
– Lebenschancen 559
Das sollten Sie lesen 852
Degner: Graugrün und Kastanienbraun 529
Dick: LSD-Astronauten 732
– Mozart für Marsianer 773
– UBIK 440
Die Serapionsbrüder von Petrograd 844
Döblin: Materialien zu »Alexanderplatz« 268
Dolto: Der Fall Dominique 140
Dorst: Dorothea Merz 511
– Stücke I 437
– Stücke 2 438
Dorst/Fallada: Kleiner Mann – was nun? 127
Dort wo man Bücher verbrennt 905
Duke: Akupunktur 180
Duras: Hiroshima mon amour 112

Ehrenberg/Fuchs: Sozialstaat und Freiheit 733
Ehrenburg: Das bewegte Leben des Lasik Roitschwantz 307
- 13 Pfeifen 405
Eich: Ein Lesebuch 696
- Fünfzehn Hörspiele 120
Eliade: Bei den Zigeunerinnen 615
Eliot: Die Dramen 191
Ellmann: James Joyce: 2 Bde. 473
Enzensberger: Gedichte 1955-1970 4
- Der kurze Sommer der Anarchie 395
- Der Untergang der Titanic 681
- Museum der modernen Poesie: 2 Bde. 476
- Politik und Verbrechen 442
Enzensberger (Hg.): Freisprüche. Revolutionäre vor Gericht 111
Eppendorfer: Der Ledermann spricht mit Hubert Fichte 580
Erbes: Die blauen Hunde 825
Erikson: Lebensgeschichte und hist. Augenblick 824
Eschenburg: Über Autorität 178
Ewen: Bertolt Brecht 141
Fanon: Die Verdammten dieser Erde 668
Federspiel: Paratuga kehrt zurück 843
- Der Mann, der Glück brachte 891
- Die beste Stadt für Blinde 979
Feldenkrais: Abenteuer im Dschungel des Gehirns 663
- Bewußtheit durch Bewegung 429
Fleißer: Der Tiefseefisch 683
- Eine Zierde für den Verein 294
- Ingolstädter Stücke 403
- Abenteuer aus dem Engl. Garten 925
Frame: Wenn Eulen schreien 692
Franke: Einsteins Erben 603
- Keine Spur von Leben 741
- Paradies 3000 664
- Schule für Übermenschen 730
- Sirius Transit 535
- Tod eines Unsterblichen 772
- Transpluto 841
- Ypsilon minus 358
- Zarathustra kehrt zurück 410
- Zone Null 585
Freund: Drei Tage mit J. Joyce 929
Fries: Das nackte Mädchen auf der Straße 577
- Der Weg nach Oobliadooh 265
- Schumann, China und der Zwickauer See 768
Frijling-Schreuder: Was sind das – Kinder? 119
Frisch: Andorra 277
- Der Mensch erscheint im Holozän 734
- Dienstbüchlein 205
- Forderungen des Tages 957
- Herr Biedermann / Rip van Winkle 599
- Homo faber 354
- Mein Name sei Gantenbein 286
- Montauk 700
- Stiller 105
- Stücke 1 70
- Stücke 2 81
- Tagebuch 1966-1971 256
- Wilhelm Tell für die Schule 2
Materialien zu Frischs »Biedermann und die Brandstifter« 503
- »Stiller« 2 Bde. 419

Fromm/Suzuki/de Martino: Zen-Buddhismus und Psychoanalyse 37
Fuchs: Todesbilder in der modernen Gesellschaft 102
Fuentes: Nichts als das Leben 343
Fühmann: Bagatelle, rundum positiv 426
Gabeira: Die Guerilleros sind müde 737
Gadamer/Habermas: Das Erbe Hegels 596
Gall: Deleatur 639
Gandhi: Mein Leben 953
García Lorca: Über Dichtung und Theater 196
Gauch: Vaterspuren 767
Gespräche mit Marx und Engels 716
Gilbert: Das Rätsel Ulysses 367
Ginzburg: Ein Mann und eine Frau 816
– Caro Michele 863
– Mein Familienlexikon 912
Gorkij: Unzeitgemäße Gedanken über Kultur und Revolution 210
Goytisolo: Spanien und die Spanier 861
Grabiński: Abstellgleis 478
Griaule: Schwarze Genesis 624
Grimm/Hinck: Zwischen Satire und Utopie 839
Gulian: Mythos und Kultur 666
Gründgens' Faust 838
Habermas/Henrich: Zwei Reden 202
Handke: Als das Wünschen noch geholfen hat 208
– Begrüßung des Aufsichtsrats 654
– Chronik der laufenden Ereignisse 3
– Das Ende des Flanierens 679
– Das Gewicht der Welt 500
– Die Angst des Tormanns beim Elfmeter 27
– Die linkshändige Frau 560
– Die Stunde der wahren Empfindung 452
– Die Unvernünftigen sterben aus 168
– Der kurze Brief 172
– Falsche Bewegung 258
– Die Hornissen 416
– Ich bin ein Bewohner des Elfenbeinturms 56
– Stücke 1 43
– Stücke 2 101
– Wunschloses Unglück 146
Hart Nibbrig: Rhetorik des Schweigens 693
Heiderich: Mit geschlossenen Augen 638
Heller: Enterbter Geist 537
– Thomas Mann 243
Hellman: Eine unfertige Frau 292
v. Hentig: Die Sache und die Demokratie 245
– Magier oder Magister? 207
Hermlin: Lektüre 1960-1971 215
Herzl: Aus den Tagebüchern 374
Hesse: Aus Indien 562
– Aus Kinderzeiten. Erzählungen Bd. 1 347
– Ausgewählte Briefe 211
– Briefe an Freunde 380
– Demian 206
– Der Europäer. Erzählungen Bd. 3 384
– Der Steppenwolf 175
– Die Gedichte: 2 Bde. 381
– Die Kunst des Müßiggangs 100
– Die Märchen 291
– Die Nürnberger Reise 227

- Die Verlobung. Erzählungen Bd. 2 368
- Die Welt der Bücher 415
- Eine Literaturgeschichte in Rezensionen 252
- Gedenkblätter 963
- Gertrud 890
- Das Glasperlenspiel 79
- Innen und Außen. Erzählungen Bd. 4 413
- Italien 689
- Klein und Wagner 116
- Kleine Freuden 360
- Kurgast 383
- Legenden 909
- Lektüre für Minuten 7
- Lektüre für Minuten. Neue Folge 240
- Morgenlandfahrt 750
- Narziß und Goldmund 274
- Peter Camenzind 161
- Politik des Gewissens: 2 Bde. 656
- Roßhalde 312
- Siddhartha 182
- Unterm Rad 52
- Von Wesen und Herkunft des Glasperlenspiels 382

Materialien zu Hesses »Glasperlenspiel« 1 80

Materialien zu Hesses »Glasperlenspiel« 2 108

Materialien zu Hesses »Siddhartha« 1 129

Materialien zu Hesses »Siddhartha« 2 282

Materialien zu Hesses »Steppenwolf« 53

Über Hermann Hesse 1 331

Über Hermann Hesse 2 332

Hermann Hesse – Eine Werkgeschichte von Siegfried Unseld 143

Hermann Hesses weltweite Wirkung 386

Hildesheimer: Hörspiele 363
- Mozart 598
- Paradies der falschen Vögel 295
- Stücke 362

Hinck: Von Heine zu Brecht 481
- Germanistik als Literaturkritik 885

Hinojosa: Klail City und Umgebung 709

Hodgson: Stimme in der Nacht 749

Höllerer: Die Elephantenuhr 266

Holmqvist (Hg.): Das Buch der Nelly Sachs 398

Horváth: Der ewige Spießer 131
- Der jüngste Tag 715
- Die stille Revolution 254
- Ein Kind unserer Zeit 99
- Ein Lesebuch 742
- Geschichten aus dem Wiener Wald 835
- Jugend ohne Gott 1063
- Sladek 1052

Horváth/Schell: Geschichte aus dem Wiener Wald 595

Hrabal: Erzählungen 805

Hsia: Hesse und China 673

Hudelot: Der Lange Marsch 54

Hughes: Hurrikan im Karibischen Meer 394

Huizinga: Holländische Kultur im siebzehnten Jahrhundert 401

Innerhofer: Die großen Wörter 563
- Schattseite 542
- Schöne Tage 349

Inoue: Die Eiswand 551
- Der Stierkampf 944

James: Der Schatz des Abtes Thomas 540

Jens: Republikanische Reden 512

Johnson: Berliner Sachen 249

- Das dritte Buch über Achim 169
- Eine Reise nach Klagenfurt 235
- Zwei Ansichten 326

Joyce: Anna Livia Plurabelle 751
- Ausgewählte Briefe 253

Joyce: Stanislaus, Meines Bruders Hüter 273

Kästner: Der Hund in der Sonne 270
- Offener Brief an die Königin von Griechenland. Beschreibungen, Bewunderungen 106

Kaminski: Die Gärten des Mullay Abdallah 930

Kasack: Fälschungen 264

Kaschnitz: Der alte Garten 387
- Ein Lesebuch 647
- Steht noch dahin 57
- Zwischen Immer und Nie 425

Katharina II. in ihren Memoiren 25

Kawerin: Das doppelte Porträt 725

Kirchhoff: Einsamkeit der Haut 919

Kirde (Hg.): Das unsichtbare Auge 477

Kiss: Da wo es schön ist 914

Kleinhardt: Jedem das Seine 747

Kluge: Lebensläufe, Anwesenheitsliste für eine Beerdigung 186

Koch, Werner: Jenseits des Sees 718
- Pilatus 650
- See-Leben I 132
- Wechseljahre oder See-Leben II 412

Königstein: Schiller-Oper in Altona 832

Koeppen: Amerikafahrt 802
- Das Treibhaus 78
- Der Tod in Rom 241
- Eine unglückliche Liebe 392
- Nach Rußland und anderswohin 115
- Reisen nach Frankreich 530
- Romanisches Café 71
- Tauben im Gras 601

Koestler: Der Yogi und der Kommissar 158
- Die Nachtwandler 579
- Die Wurzeln des Zufalls 181

Kolleritsch: Die grüne Seite 323

Komm schwarzer Panther, lach noch mal 714

Komm: Der Idiot des Hauses 728
- Die fünfte Dimension 971

Konrád: Der Besucher 492

Konrád/Szelényi: Die Intelligenz auf dem Weg zur Klassenmacht 726

Korff: Kernenergie und Moraltheologie 597

Kracauer: Das Ornament der Masse 371
- Die Angestellten 13
- Kino 126

Kraus: Magie der Sprache 204

Kroetz: Stücke 259

Krolow: Ein Gedicht entsteht 95

Kücker: Architektur zwischen Kunst und Konsum 309

Kühn: Josephine 587
- N 93
- Die Präsidentin 858
- Siam-Siam 187
- Stanislaw der Schweiger 496
- Und der Sultan von Oman 758

Kundera: Abschiedswalzer 591
- Das Buch vom Lachen und Vergessen 868
- Das Leben ist anderswo 377

1/7/6.84

- Der Scherz 514
Laederach: Nach Einfall der Dämmerung 814
Langegger: Doktor, Tod und Teufel 879
Laqueur: Terrorismus 723
Laxness: Islandglocke 228
Le Fanu: Der besessene Baronet 731
- Maler Schalken 923
le Fort: Die Tochter Jephthas und andere Erzählungen 351
Lem: Astronauten 441
- Das Hospital der Verklärung 731
- Das Katastrophenprinzip 999
- Der futurologische Kongreß 534
- Der Schnupfen 570
- Die Jagd 302
- Die Ratte im Labyrinth 806
- Die Stimme des Herrn 907
- Die Untersuchung 435
- Die vollkommene Leere 707
- Eine Minute der Menschheit 955
- Imaginäre Größe 658
- Memoiren, gefunden in der Badewanne 508
- Mondnacht 729
- Nacht und Schimmel 356
- Robotermärchen 856
- Solaris 226
- Sterntagebücher 459
- Summa technologiae 678
- Terminus 740
- Waffensysteme des 21. Jahrhunderts 998
- Über Stanisław Lem 586
Lenz, Hermann: Andere Tage 461
- Der Kutscher und der Wappenmaler 934
- Der russische Regenbogen 531

- Der Tintenfisch in der Garage 620
- Die Augen eines Dieners 348
- Die Begegnung 828
- Neue Zeit 505
- Tagebuch vom Überleben 659
- Verlassene Zimmer 436
Lepenies: Melancholie und Gesellschaft 63
Leutenegger: Ninive 685
- Vorabend 642
Lexikon der phantastischen Literatur 880
Liebesgeschichten 847
Link: Das goldene Zeitalter 704
- Die Reise an den Anfang der Scham 840
- Tage des schönen Schreckens 763
Literatur aus der Schweiz 450
Loerke: Die Gedichte 1049
Lovecraft: Cthulhu 29
- Berge des Wahnsinns 220
- Das Ding auf der Schwelle 357
- Die Katzen von Ulthar 625
- Die Stadt ohne Namen 694
- Der Fall Charles Dexter Ward 391
- In der Gruft 779
Mächler: Das Leben Robert Walsers 321
Mädchen am Abhang, Das: 630
Machen: Die leuchtende Pyramide 720
Majakowski: Her mit dem schönen Leben 766
Malson: Die wilden Kinder 55
Mao Dan: Shanghai im Zwielicht 920
de la Mare: Aus der Tiefe 982
Mayer: Außenseiter 736
- Georg Büchner und seine Zeit 58

- Richard Wagner in Bayreuth 480
Mayröcker. Ein Lesebuch 548
Maximovič: Die Erforschung des Omega-Planeten 509
McCall: Jack der Bär 699
Meier: Der schnurgerade Kanal 760
- Die Toteninsel 867
Mein Goethe 781
Mercier: Das Jahr 2440 676
Meyer: Die Rückfahrt 578
- Eine entfernte Ähnlichkeit 242
- In Trubschachen 501
- Ein Reisender in Sachen Umsturz 927
Miller: Drama des begabten Kindes 950
- Am Anfang war Erziehung 951
- Du sollst nicht merken 952
Miłosz: Verführtes Denken 278
Minder: Kultur und Literatur in Deutschland und Frankreich 397
Mitscherlich: Massenpsychologie ohne Ressentiment 76
- Thesen zur Stadt der Zukunft 10
- Toleranz – Überprüfung eines Begriffs 213
Mitscherlich (Hg.): Bis hierher und nicht weiter 239
Molière: Drei Stücke 486
Mommsen: Goethe und 1001 Nacht 674
- Kleists Kampf mit Goethe 513
Morante: Lüge und Zauberei 701
Moser: Gottesvergiftung 533
- Grammatik der Gefühle 897
- Lehrjahre auf der Couch 352
- Stufen der Nähe 978
Muschg: Albissers Grund 334
- Baiyun 902

- Entfernte Bekannte 510
- Fremdkörper 964
- Gegenzauber 665
- Gottfried Keller 617
- Im Sommer des Hasen 263
- Liebesgeschichten 164
- Noch ein Wunsch 735
Myrdal: Politisches Manifest 40
Nachtigall: Völkerkunde 184
Nachwehen. Verständigungstexte 855
Neruda: Liebesbriefe an Albertina Rosa 829
Nesvadba: Die absolute Maschine 961
Nizon: Im Hause enden die Geschichten. Untertauchen 431
Nossack: Das kennt man 336
- Der jüngere Bruder 133
- Nach dem letzten Aufstand 653
- Spirale 50
- Um es kurz zu machen 255
Örkény: Interview mit einem Toten 837
Offenbach: Sonja 688
Onetti: Das kurze Leben 661
Overbeck: Krankheit als Anpassung 973
Oviedo (Hg.): Lateinamerika 810
Owen: Wohin am Abend? 908
Painter: Marcel Proust, 2 Bde. 561
Paus (Hrsg.): Grenzerfahrung Tod 430
Payne: Der große Charlie 569
Pedretti: Harmloses, bitte 558
- Heiliger Sebastian 769
Penzoldts schönste Erzählungen 216
- Die Kunst das Leben zu lieben 267
- Die Powenzbande 372

Pfeifer: Hesses weltweite Wirkung 506
Phaïcon 3 443
Phaïcon 4 636
Phaïcon 5 857
Phantasma 826
Phantastische Träume 954
Plenzdorf: Die Legende vom Glück ohne Ende 722
– Die Legende von Paul & Paula 173
– Die neuen Leiden des jungen W. 300
– Gutenachtgeschichte 958
– Karla 610
Plank: Orwells 1984 969
Plessner: Diesseits der Utopie 148
– Die Frage nach der Conditio humana 361
– Zwischen Philosophie und Gesellschaft 544
Poe: Der Fall des Hauses Ascher 517
Polaris 4 460
Polaris 5 713
Polaris 6 842
Polaris 7 931
Politzer: Franz Kafka. Der Künstler 433
Portmann: Biologie und Geist 124
Prangel (Hg.): Materialien zu Döblins »Alexanderplatz« 268
Prinzhorn: Gespräch über Psychoanalyse zwischen Frau, Dichter, Arzt 669
Proust: Briefe zum Leben: 2 Bde. 464
– Briefe zum Werk 404
– Die Entflohene 918
– Die Gefangene 886
– Die Welt der Guermantes: 2 Bde. 754
– Im Schatten junger Mädchenblüte: 2 Bde. 702
– In Swanns Welt 644
– Sodom und Gomorra: 2 Bde. 822
Psycho-Pathographien des Alltags 762
Puig: Der schönste Tango 474
– Der Kuß der Spinnenfrau 869
Pütz: Peter Handke 854
Quarber Merkur 571
Rama (Hg.): Der lange Kampf Lateinamerikas 812
Ramos: Karges Leben 667
Rathscheck: Konfliktstoff Arzneimittel 189
Recht: Verbrecher zahlen sich aus 706
Regler: Das große Beispiel 439
Reinshagen: Das Frühlingsfest 637
– Sonntagskinder 759
Ribeiro: Maíra 809
Rochefort: Eine Rose für Morrison 575
– Frühling für Anfänger 532
– Kinder unserer Zeit 487
– Mein Mann hat immer recht 428
– Das Ruhekissen 379
– Zum Glück gehts dem Sommer entgegen 523
Rodoreda: Auf der Plaça del Diamant 977
Rodriguez, Monegal (Hg.): Die Neue Welt 811
Rossanda: Einmischung 921
Rosei: Landstriche 232
– Reise ohne Ende 875
– Wege 311
Rottensteiner (Hg.): Blick vom anderen Ufer 359
– Die andere Zukunft 757

Roumain: Herr über den Tau 675
Rüegg: Antike Geisteswelt 619
Rühle: Theater in unserer Zeit Bd. 1 325
– Bd. 2: Anarchie in der Regie 862
Russell: Autobiographie I 22
– Autobiographie II 84
– Autobiographie III 192
– Eroberung des Glücks 389
Russische Liebesgeschichten 738
Rutschky (Hg.): Jahresbericht 1982 871
– Jahresbericht 1983 974
Sanzara: Das verlorene Kind 910
Sarraute: Zeitalter des Mißtrauens 223
Schattschneider: Zeitstopp 819
Schiffauer: Die Gewalt der Ehre 894
Schimmang: Das Ende der Berührbarkeit 739
– Der schöne Vogel Phönix 527
Schleef: Gertrud 942
Schneider: Der Balkon 455
– Elisabeth Tarakanow 876
– Der Friede der Welt 1048
– Die Hohenzollern 590
– Macht und Gnade 423
Schmidt, G.: Selektion in der Heilanstalt 945
Über Reinhold Schneider 504
Schultz (Hg.): Politik ohne Gewalt? 330
– Wer ist das eigentlich – Gott? 135
Schur: Sigmund Freud 778
Scorza: Trommelwirbel für Rancas 584
Semprun: Der zweite Tod 564
– Die große Reise 744
– Was für ein schöner Sonntag 972

Shaw: Der Aufstand gegen die Ehe 328
– Der Sozialismus und die Natur des Menschen 121
– Die Aussichten des Christentums 18
– Politik für jedermann 643
– Wegweiser für die intelligente Frau . . . 470
Smith: Saat aus dem Grabe 765
– Herren im All 888
– Planet der Toten 864
Soriano: Traurig, Einsam und Endgültig 928
Spectaculum 1-15 900
Sperr: Bayrische Trilogie 28
Spuk: Mein Flirt . . . 805
Steiner, George: Der Tod der Tragödie 662
– Sprache und Schweigen 123
Steiner, Jörg: Ein Messer für den ehrlichen Finder 583
– Schnee bis in die Niederungen 935
– Strafarbeit 471
Sternberger: Panorama oder Ansichten vom 19. Jahrhundert 179
– Heinrich Heine und die Abschaffung der Sünde 308
– Über den Tod 719
Stierlin: Adolf Hitler 236
– Das Tun des Einen ist das Tun des Anderen 313
– Delegation und Familie 831
– Eltern und Kinder 618
Stolze: Innenansicht 721
Strätz: Frosch im Hals 938
Strausfeld (Hg.): Aspekte zu José Lezama Lima »Paradiso« 482
Strawinsky 817
Strehler: Für ein menschlicheres Theater 417

Strindberg: Ein Lesebuch für die niederen Stände 402
Struck: Die Mutter 489
– Lieben 567
– Trennung 613
Strugatzki: Die Schnecke am Hang 434
– Montag beginnt am Samstag 780
– Picknick am Wegesrand 670
– Fluchtversuch 872
– Die gierigen Dinge des Jahrhunderts 827
– Der ferne Regenbogen 956
Stuckenschmidt: Schöpfer der neuen Musik 183
– Maurice Ravel 353
– Neue Musik 657
Suvin: Poetik der Science-fiction 539
Suzuki: Leben aus Zen 846
Szillard: Die Stimme der Delphine 703
Tendrjakow: Mondfinsternis 717
– Die Nacht nach der Entlassung 860
Timmermans: Pallieter 400
Tod per Zeitungsannonce 889
Ulbrich: Der unsichtbare Kreis 652
Unseld: Hermann Hesse – Eine Werkgeschichte 143
– Begegnungen mit Hermann Hesse 218
– Peter Suhrkamp 260
Unseld (Hg.): Wie, warum und zu welchem Ende wurde ich Literaturhistoriker? 60
– Bertolt Brechts Dreigroschenbuch 87
– Zur Aktualität Walter Benjamins 150
– Erste Lese-Erlebnisse 250

Unterbrochene Schulstunde. Schriftsteller und Schule 48
Utschick: Die Veränderung der Sehnsucht 566
Vargas Llosa: Das grüne Haus 342
– Der Hauptmann und sein Frauenbataillon 959
– Die Stadt und die Hunde 622
Vidal: Messias 390
Vogt: Schnee fällt auf Thorn 755
Vossler: Geschichte als Sinn 893
Waggerl: Brot 299
– Das Jahr des Herrn 836
Waley: Lebensweisheit im Alten China 217
Walser: Martin: Das Einhorn 159
– Das Schwanenhaus 800
– Der Sturz 322
– Die Anselm Kristlein Trilogie, 3 Bde. 684
– Ein fliehendes Pferd 600
– Ein Flugzeug über dem Haus 612
– Gesammelte Stücke 6
– Halbzeit 94
– Jenseits der Liebe 525
– Seelenarbeit 901
Walser: Robert: Briefe 488
– Der Gehülfe 813
– Geschwister Tanner 917
– Jakob von Gunten 851
– Der »Räuber«-Roman 320
– Poetenleben 388
Über Robert Walser 1 483
Über Robert Walser 2 484
Über Robert Walser 3 556
Warum lesen 946
Watts: Der Lauf des Wassers 878
Weber-Kellermann: Die deutsche Familie 185
Weg der großen Yogis, Der: 409

Weill: Ausgewählte Schriften 285
Weischedel: Skeptische Ethik 635
Weiss: Peter: Das Duell 41
– Der andere Hölderlin. Materialien zu Weiss' »Hölderlin« 42
Weiß: Ernst: Der Aristokrat 792
– Der arme Verschwender 795
– Der Fall Vukobrankovics 790
– Der Gefängnisarzt 794
– Der Verführer 796
– Die Erzählungen 798
– Die Feuerprobe 789
– Die Galeere 784
– Die Kunst des Erzählens 799
– Franziska 785
– Georg Letham 793
– Ich – der Augenzeuge 797
– Männer in der Nacht 791
– Mensch gegen Mensch 786
– Nahar 788
– Tiere in Ketten 787
Weisser: SYN-CODE-7 764
– Digit 873
Weltraumfriseur, Der: 631
Wie der Teufel den Professor holte 629
v. Wiese: Das Gedicht 376
Winkler: Menschenkind 705
Wolf: Pilzer und Pelzer 466
Wollseiffen: König Laurin 695
Zeemann: Einübung in Katastrophen 565
– Jungfrau und Reptil 776
ZEIT-Bibliothek der 100 Bücher 645
ZEIT-Gespräche 520
ZEIT-Gespräche 2 770
Zengeler: Schrott 922
Die andere Zukunft 757
Zulawski: Auf dem Silbermond 865
– Der Sieger 916
– Die alte Erde 968